作家榜®经典名著

读经典名著，认准作家榜

田园交响曲

la symphonie pastorale

［法］安德烈·纪德 著

张博 译

浙江文艺出版社
Zhejiang Literature & Art Publishing House

C'est tout de même ainsi, me disais-je,
que la tiédeur de l'air et l'insistance du printemps
triomphent peu à peu de l'hiver.

我觉得，

春的坚韧与风的和煦

也正是这样一点点战胜了寒冬。

我无法从心中拔除这份爱，
除非拔除我的心灵本身。

我想哭，但我感到自己的心比沙漠更加干涸。

本书根据法国伽利马出版社七星文库版《安德烈·纪德全集》译出

献给

让·舒伦贝格。○

○ 让·舒伦贝格（Jean Schlumberger，1877—1968）：法国作家、编辑，与安德烈·纪德、雅克·科波等友人一同于1908年创立《新法兰西杂志》。

CONTENTS 目　录

第一册　001

第二册　065

译后记　109
我被引导着：《田园交响曲》中的叙事与现实

安德烈·纪德年表　125

第一册

189X年2月10日

雪,未曾间断地连下三天,封堵了条条道路。我亦无法前往 R 村……十五年来我已习惯于每月两次在那里主持礼拜。今早在拉布莱维纳[1]的小教堂只聚集了区区三十名信徒。

我将利用这次强制禁闭带来的闲暇,借机回顾往昔,讲述我曾经如何被引导着[2]去亲自照顾吉特吕德。

我计划在此写下与这颗虔敬灵魂的形成与发展有关的一切,对我来说,让她走出黑夜的唯一目的正是

---

1 拉布莱维纳(La Brévine):瑞士西部小镇,靠近法国边境。纪德曾于1894年10月至12月在此地暂居。
2 我……被引导(je fus amené):法语原文特意使用了被动语态,强调不是"我"主动去照顾吉特吕德,而是"我"仿佛被某种外在的命令(如上帝的旨意)要求下被动地一步一步开始照顾她。

崇拜与爱[1]。感谢主把这项任务托付于我。

两年半前,当我从拉绍德丰[2]回来时,一个素不相识的小女孩行色匆匆地找到我,要带我去七公里外,一位垂死的穷苦老妪身边。马还没有卸套。我带上一盏提灯,然后让女孩进了马车,因为我估计天黑以前难以返回。

我自以为对于市镇四郊了如指掌。然而,刚过索德莱农庄,女孩便带我走了一条直到那时为止我从未探索过的道路。不过,我却认出,往左两公里之外,有一片神秘的小湖,我年轻时曾去溜过几次冰。十五年来我再没见过它,因为这附近没有任何人召我履行圣职。我甚至再也无法说清小湖究竟在哪,似乎已经到了不再念想的程度,但是突然之间,在黄昏玫红烫金的魅惑中,我把它辨认出来,初见恍若梦中。

道路顺着奔涌的流水向前延绵,切断森林的边界,然后又沿着一片泥沼伸展。无疑我从未来过这里。

---

[1] 崇拜与爱(l'adoration et l'amour):在法语中,这一表述主要指向对上帝的崇拜与爱。
[2] 拉绍德丰(la Chaux-de-Fonds):瑞士西部城市,靠近法国边境。位于拉布莱维纳东北约二十公里。

夕阳西下,我们在树荫中长时间行走,我的小向导终于用手指向我示意,在山坡上,有一间可能被误认为是无人居住的茅屋,没有哪怕一缕纤细的炊烟从屋中飘散,它在阴影里变得幽蓝,接着在天空的金辉中染黄。我把马匹拴在附近的一棵苹果树上,然后追着女孩走进晦暗的房间,老人在那里刚刚死去。

情景的肃穆,时光的寂静与庄严让我遍体生寒。一位依旧年轻的妇人跪倒在床边。那个女孩,我原以为是逝者的孙女,其实只是她的女仆。她点燃了一支冒浓烟的蜡烛,然后一动不动地站在床尾。在漫长的旅途中,我曾试图与她攀谈,但却只能引起她的只言片语。

跪坐的妇人站起身。她并非我最初设想的死者亲属,而仅仅是一位邻居,一位友人,当女仆发现主人垂危时找到了她,她亦主动留下守灵。她对我说,老人去世时没有经历痛苦。我们共同商讨如何料理丧事和葬礼。像往常一样,在这种偏远地区,需要由我决定一切。必须承认,把这间外表看起来如此破败的房子单独交给这位邻居和仆童看管,让我有些为难。不过在这间陋室角落里,几乎不可能藏着什么隐秘财宝……我在这里能做什么呢?我还是询问了一番,这位老人是否没有留下任何继承人。

邻居于是举起蜡烛,朝壁炉一角指去,接着我得以认出,一个朦胧的人影,蹲坐在炉膛前,看起来似乎睡着了,浓密的头发几乎完全遮住了面孔。

"这个盲女,按女仆的说法是老人的侄女。看起来家里只剩她了。必须把她送进济贫院,不然我真不知道她以后怎么办。"

就这样当着她的面决断她的命运,我听了感到不快,担心这些唐突的话语会令她痛苦。

"不要叫醒她,"我温和地说道,以此劝告女邻居,至少,压低声音。

"哦!我不认为她在睡觉。不过她是个白痴,她从来不讲话,而且完全不理解我们在说什么。从今早我进入房间以来,可以说她就没有动过。一开始我以为她耳聋,女仆硬说不是,仅仅是老人自己耳聋,从不和她说话,也不和任何人说话,很久以来除了喝水吃饭,就不再张嘴了。"

"她多大了?"

"大约十五岁吧,我估计!另外我并不比您知道得更多……"

由我亲自照顾这个贫苦孤女的念头并没有立刻落

入我脑海中。不过在我完成祈祷之后——更确切地说，当我身处邻居与小女仆之间祈祷之时，她们二人都在床头跪着，我自己也跪着——这突然让我感到是上帝在我的道路上设置了某种义务，我不可能在逃避它时不显得懦弱。当我站起身，我的决心已然下定，当晚就把女孩带走，尽管我还没有完全考虑清楚之后我该如何安置她，将她托付给谁。我又停留了一会儿，注视着老人永眠的面容，她褶皱而塌陷的嘴唇好似守财奴钱袋上的绳线被紧紧拉上，不让任何东西漏出。然后我转向盲女一侧，并告知邻居我的意图。

"明天人们来抬尸体的时候，她不在场更好。"她说。这就是全部。

许多事情，如果不是因为人们时而热衷于编造荒唐的反对意见，做起来其实很容易。从童年起，有多少次我们被阻止去做这件或那件我们想做的事情，仅仅因为我们总在身边反复听到：这件事不能做……

盲女好似一团没有意志的物体任人搬动。她的五官端正，颇为秀美，却毫无表情。我从房间角落的草褥上拿了一条被子，她平时应该就睡在那里，在一条通向阁楼的楼梯下面。

邻居表现得很殷勤，帮我细心地把她裹紧，因为明澈的夜晚有些凉意。在点亮马车灯笼之后，我重新上路，运送蜷缩在身边的这包没有灵魂的肉体，唯有通过微弱体温的传递才让我察觉到生气。一路上，我在想：她睡了吗？多么黑暗的睡眠……对她而言醒与睡有何区别？这具昏沉躯体的主人，她被禁锢的灵魂多半在等待着，主啊，您的圣宠之光去把她触碰！也许，您会允许我用爱令她摆脱这可怖的沉夜？……

我过于注重真实，不能对我回到家后必然遭受的苛待闭口不提。我的妻子是美德的园地，即便在有时不得不经历的困难时期，我也不会有片刻质疑她的善心。不过她天生的慈悲却不喜欢出其不意。这是一个讲秩序的人，对于责任，她坚持既不多做，也不少做。她的慈悲亦有节制，仿佛爱心是一座会枯竭的宝库。这是我们之间唯一的争执……

那天晚上当她看到我与女孩一起回家时，她最初的想法从这声尖叫中泄露出来：

"你又搞了什么？"

就像每次在我们之间需要一番解释时那样，孩子们站在那里，张口结舌，充满疑问与惊奇。我先让他们都出去。啊！他们的态度与我原本的预想相差甚远。

只有我亲爱的小夏洛特，当她明白有什么新的东西、活的东西要从车里出来，便开始拍着手跳起舞来。不过其他孩子，已经被母亲管教惯了，立刻让她安静下来并跟上他们的脚步。

场面一度十分窘迫。因为无论我的妻子还是孩子们都还不知道他们接触的是一位盲女，他们无法理解为何我给她引路时如此小心翼翼。我一路都握着她的手，当我刚把手松开，这可怜的残疾人便发出一阵奇怪的呻吟，这弄得我自己也手足无措。她的叫声没有任何人类的特点，完全可以说是小狗的哀嚎。她的各类习惯感受构成了她的全部世界，组成她狭小的生活圈，生平第一次被人从中拖拽出来，她的双膝弯曲发软。而当我为她挪去一把椅子，她却躺倒在地，仿佛一个不知道如何坐下的人。于是我把她带到壁炉边，她蹲着，倚靠壁炉台座，姿势与我最初在老人家炉膛边看到的一模一样，她这才恢复了一点点平静。在车里时她就已经滑落在座位底下，一路蜷缩在我脚边。我的妻子还是帮忙了，最自然的举动从来都是最适当的。不过她的理性不断抗争，常常压倒她的本心。

"你对这个有什么打算？"把女孩安顿好后她责问道。

听到这个中性词¹我灵魂微颤,几乎无法克制愤怒情绪。不过我依然彻底沉浸在漫长而平和的沉思中,故而得以自控,把身体转向重新围成一圈的孩子们,一只手放在盲女的额头上:

"我带回了迷途的羔羊²。"我以尽可能庄重的语气说道。

然而阿梅莉不承认福音书的教导中会有任何非理性或超理性的内容。我眼看她又要横加反对,于是朝雅克与萨拉做了个手势,他们早就看惯了我们夫妻间的小小分歧,而且天生对此缺乏兴趣(在我看来甚至常常太不上心),带着两个最小的孩子走开了。之后,我的妻子依然目瞪口呆、怒形于色,我觉得是因为这不速之客在场的缘故:

"你可以在她面前直说,"我加了一句,"这可怜的孩子听不懂。"

---

1 中性词:特指上文妻子问句中的"这个"(ça)。一般对于人,应该用"她"。这一用法隐含轻蔑与嫌弃。
2 参见《新约·马太福音》第十八章第十二至十四节:"一个人若有一百只羊,一只迷了路,你们觉得应该怎么办?他难道不会撇下九十九只羊,去山里找那只迷路的羊吗?若是找到了,我告诉你们,他为这一只羊感到的欢喜,比那九十九只没有迷失的羊还要大!你们的天父也是如此,不愿这些人里迷失一个。"

于是阿梅莉开始抗议说，显然她对我没什么可谈的——这是长篇大论的惯用开场——她说她只能像往常一样屈服于我编造出的那些最不实际、最不合常识的理由。我已经在前面写过，我还完全没有确定究竟如何抚养这个孩子。我还没有想到，或者说只是非常模糊地预感到，把她安顿在自己家中的可能性，而且我几乎可以说是阿梅莉首先对我提出了这个想法，她当时问我是不是觉得"家里人还不够多"。接着她表示我总是一意孤行，从不顾忌身边人的抵触情绪；就她而言，她认为五个孩子已经足够了，自从克劳德出生以来（在此时此刻，他似乎听见了自己的名字，在摇篮中哭喊起来），她已经"受够了"，已经感觉到头了。

刚听到她的几句攻讦，一些耶稣的名句几乎就要脱口而出，但我克制住了，因为依靠圣书的权威性庇护自己的行为终归让我感到不妥。而一旦她用疲劳做借口，我就深感羞愧，因为我承认，我那些不止一次因为热情而一时冲动产生的结果最终都压在了妻子身上。不过她的非难教会了我何为自己的义务。因此我非常温和地恳求阿梅莉仔细想一想，如果处在我的位置，她难道不会像我一样行动？她怎么可能任由一个显然无依无靠的生灵落难？我还补充说道，对于照顾这个残疾女客所增添的家务负担,其中新增的劳苦我绝对不是心里没数,我很抱歉自己以后不能经常从旁协助。终于我竭尽全力让她平静下来,求她不要把怨恨发泄在这个无论如何不该受到责怪的无辜者身上。之后我提醒她,萨拉已经到了可以帮忙的年纪,雅克也不再需要操心了。总之,上帝把他需要说的话放进我嘴里,以此去帮助她接受这件事。我敢肯定,如果给她考虑的时间,如果我不是以这种突然袭击的方式强加于她的意志,她一定会欣然从之。

我几乎以为已经大功告成,我亲爱的阿梅莉已经善意地朝吉特吕德走去。然而当她提灯略做观察,发现这孩子脏得难以形容,她的怒气顿时变本加厉地蹿了上来。

"真是臭气熏天!"她叫喊道,"你去把自己刷刷,快点去刷。不,不是这里。到外面去抖。啊!我的上帝!孩子们都会让虱子爬满的。这个世界上没有什么比这些虫子更让我害怕。"

不可否认,这可怜的孩子身上确实满是虱子。一想到我在车里有那么长时间让她紧靠在我身边,我就忍不住做出一个嫌厌的动作。

当我尽力把身上拍打干净,两分钟以后回到屋里,我发现妻子瘫倒在扶手椅上，双手捂头，被一阵阵突发的抽泣所折磨。

"我从没想过让你的坚韧经受这样的考验，"我温柔地对她说，"无论如何，今天已经晚了，看不清了。我来守夜照看炉火，让这孩子就在旁边睡吧。明天我们帮她剪头发，然后好好梳洗。等你看她不再觉得反感的时候再开始照顾她吧。"我还求她不要把这些告诉孩子们。

晚餐时间到了。我的被保护人，把我递去的汤狼吞虎咽地吃下，我们的老罗萨莉在为我们服务时，一直向她投去敌视的目光。进餐时沉默无言。我本想对孩子们谈谈我的奇遇，让他们能够对如此彻底的赤贫所造成的特殊处境感同身受并有所触动，激发他们怜悯、同情这个上帝要求我们收留之人，不过我担心重新勾起阿梅莉的怒火。仿佛有人下令忽略和忘记这事，尽管很显然我们每个人除此之外别无他想。

有一件事让我深深感动，一个多小时以后大家都上床休息了，阿梅莉把我一个人留在客厅，这时我看到我的小夏洛特推开半扇房门，穿着衬衣光着脚，轻轻地走上前，然后扑过来搂住我的脖子，猛地抱紧我悄声说道：

"我还没跟你好好说晚安呢。"

然后,她用小小食指的指尖从低处指向安睡的盲女,在入睡以前她曾产生好奇心想再看一眼:

"为什么我没能亲亲她?"

"你明天再亲她吧。现在我们不要打扰她。她睡了。"我一边说一边陪女儿走到门口。

之后我又回来坐下,阅读或是准备我的下一次布道,一直工作到早上。

毫无疑问,我当时觉得(现在还记得),今天夏洛特显得比她的哥哥姐姐们亲热得多。不过他们每一个人,在这个年纪,最开始都曾让我产生过错觉。我的大儿子雅克,如今多么疏远,多么老成……以为他们温柔,其实那只是笑脸承欢取悦于人而已。

2月27日

今夜雪还是下得很大。孩子们很高兴,因为他们说不久之后就必须从窗户出入了。事实上今早正门就已经被封堵,只能从洗衣房出去。昨天,我已确认村中拥有足够的食物储备,因为我们多半要与世隔绝一段时间了。这不是第一个被大雪围困的冬天,但我从不记得曾见过这么厚的积雪。趁此时机让我把昨天动笔的记述接着写下去吧。

我说过,当我把这个残疾少女带回来时,我之前并没有考虑清楚,她在家里应该占据一个怎样的位置。我了解妻子那边会有少许阻力,我知道我们能支配的空间与财富都极其有限。像往常一样,我所作所为既出于本性也基于原则,完全没有试图去计算我的冲动会造成多少开销（这始终让我感到违背福音书的精神）。不过信赖上帝和把重担推给别人不是一回事。很快我就发觉在阿梅莉肩头安排了一项沉重的任务，重到最开始我自己都感到窘迫。

我尽全力帮她给女孩理发，我很清楚她心里只感到厌恶。不过等到要给女孩梳洗清洁时，我只能让妻子去做。我知道自己已然避开了最沉重、最令人不快的操劳。

总之，阿梅莉不再发出哪怕一点点抗议。似乎她在夜里经过了一番深思熟虑之后，决定接受这项新的重任。甚至她看起来似乎从中得到了一些乐趣，我看到她在把吉特吕德打理完毕后微笑了起来。一项白色软帽戴在被我涂满药膏的光头上。褴褛的衣物被阿梅莉扔进了火堆，换上了萨拉的几件旧衣服，还有干净的内衣。孤女的真实姓名无从得知，她自己不清楚，我也不知道去哪问，吉特吕德这个名字是夏洛特选的，并且立刻得到了大家的一致认同。她应该比萨拉的年龄略小一点，因而萨拉一年前穿不下的衣服对她来说刚刚好。

在这里我必须承认，最初的几天我感到自己陷入了深深的失望。我确实对吉特吕德的教育做过一整套规划，但事实迫使我降低要求。她那冷漠的表情，迟钝的面色，更确切地说是彻底缺失的表达能力，让我的善意从源头冷却。她终日坐在炉边，时刻戒备，一听到我们的声音，尤其是一发觉有人靠近，脸上似乎就变得僵硬起来。只有在透露敌意时，面无表情的状态才会中止。只要我们稍微试图唤起她的注意，她就像动物一样开始呻吟、嗥叫。她这生闷气的状态一直到晚餐开动才停止，我亲自给她盛饭，她带着一种难看至极的野兽般的贪婪猛扑了上去。正如爱需要用爱去回应，在这颗灵魂固执的抗拒面前，我感到一种反感情绪侵入我的心。是的，的的确确，我承认最初的十天让我感到绝望，甚至对她兴致索然到后悔自己一开始的冲动的地步，希望自己从没把她带回来。还有一件事让我刺痛，那就是，阿梅莉在我这些难以对她掩饰的情绪面前颇有些洋洋得意，似乎，自从她感到吉特吕德成了我的负担，在家里常常对我造成折磨之后，便愈发用心、愈发善意地照顾这个孩子。

正当我身处困境之时，我接待了我的朋友马尔丹大夫,他在巡诊期间从塔威山谷[1]过来拜访。我和他说起吉特吕德的情况,他非常感兴趣,而且最开始对于她仅仅因为失明而导致心智发育停滞感到极为震惊。不过我对他解释说,除了她的残疾,还要加上唯一抚养她的老人是个聋子,从来不和她说话,因此这可怜的孩子其实身处一种被彻底遗弃的状态。于是他劝慰道,在这种情况下,我感到绝望是错误的,仅仅是没有对症下药而已。

"你想开始建设,"他对我说道,"却没有首先确保地基是否牢固。你要考虑到她的灵魂中一片混沌,连最原始的轮廓都没有定型。一开始,必须集中联系某些触觉与味觉,像贴标签一样,配上一种声音,一个词语,你对她反复念诵,直到听厌为止,然后试着让她复述。"

"尤其不要操之过急;你要定时教导,每次绝不可时间太长……"

---

[1] 塔威山谷(Val de Travers):位于拉布莱维纳以南约十公里的山谷小镇。让·雅克·卢梭曾在此地居住。纪德在《如果种子不死》中写道:"必须在这个地方居住过才能真正理解卢梭的《忏悔录》以及《遐想》,它们与他在塔威山谷的旅居生活有关。"在本书牧师教育吉特吕德的一些片段中,也可以发现卢梭《爱弥儿》的影子。

"另外,这种方法绝不是什么歪门邪道。"在对我细致阐述之后,他补充道,"这不是我的发明,别人早有应用。你不记得吗?我们一起学哲学的时候,教授在讲到孔狄亚克[1]和他的活体雕像时,曾经与我们谈论过一个类似的病例……"他又改口道:"要么是我后来在一本心理学杂志里读到的……无关紧要。当时这让我震惊,我还记得那个可怜孩子的名字,她比吉特吕德更惨,因为她不但失明而且聋哑,我不知道是上世纪中叶英国哪个郡的医生收留了她。她的名字叫劳拉·布里吉曼[2]。这位医生留下了一本日记——你也应该这么做——其中记录了孩子的各种进步,或者最起

---

[1] 孔狄亚克(Étienne Bonnot de Condillac, 1714—1780):法国哲学家,认为知觉的唯一来源是感官。在《官能论》中,孔狄亚克设想了一个具有人类感官能力的活体雕像,认知一片空白,没有任何感官经验。然后他依次唤起这个雕像的嗅觉、听觉、味觉、视觉、触觉,分析对其行为模式可能产生的各类影响,最后得出结论,人类通过感官获取经验,并在此基础上形成各自的世界观。

[2] 劳拉·布里吉曼(Laura Bridgeman, 1829—1889):真实历史人物。但马尔丹大夫的描述并不准确。劳拉·布里吉曼是美国人,在两岁时丧失了视觉、听觉、味觉。她从七岁起被美国医生、盲人教育先驱萨缪尔·格德利·豪尔(Samuel Gridley Howe, 1801—1876)收养。豪尔在教育劳拉的过程中曾留下详细的日记记录,后被其女儿以《萨缪尔·格德利·豪尔的书信与日记》为题在英国伦敦和美国波士顿出版,从而为纪德所知。

码，记录了在起步时他为了教育孩子所做的种种努力。日复一日，周复一周，他坚持让孩子轮流触摸两个小物件，一根针和一支笔，然后让她抚摸给盲人使用的特殊纸张上两个凸起的英文单词：pin（针）和 pen（笔）。接连几个星期，他一无所获。这具躯体似乎无人居住。然而他没有丧失信心。他说：'我印象里自己就像一个人，趴在深邃幽暗的井口，不顾一切地摇着一根绳索，希望终究有一只手会把它抓住。'[1]因为他没有一刻怀疑过深渊底下有人，这根绳索最后一定会被抓住。终于有一天，他看到劳拉无动于衷的脸上绽开了某种笑容。我完全相信此时此刻感激与爱的泪水一定夺眶而出，他一定会跪下感谢天主。劳拉立刻明白了医生对她的期望，她得救了！从这一天开始她专心致志，进步神速，不久她便开始自学，之后成为了一所盲人学校的校长——要不然做到这一点的就是另有其人……因为这类事例最近出现了不少，杂志和报纸

---

[1] 纪德在此翻译了豪尔医生日记中的原话："It sometimes occurred to me that she was like a person alone and helpless in a deep, dark, still pit, and that I was letting down a cord and dangling it about, in hope she might find it."

连篇累牍地报道，对这样的人也能得到幸福争先恐后地表示惊讶，在我看来有些愚蠢。事实是：这些被禁锢者都是幸福的，一旦他们被赋予了自我表达的机会，便会去讲述他们的幸福。记者们当然醉心于此，同时从中得出一条教训：那些'享受着'五感的人，竟然还厚颜无耻地抱怨……"

谈到这里马尔丹与我之间发生了一场争论，我抗拒他的悲观主义，不能接受感官似乎像他假定的那样，归根到底是为了折磨我们。

"这并不是我的意思，"他抗辩道，"我只是想说人类的灵魂更容易也更愿意去想象美、自在与和谐，而非去想象到处损害、败坏、玷污、撕裂这个世界的无序与罪恶，我们的五感告诉并帮助我们认识到这一点。因此，我更愿意维吉尔'Fortunatos nimium（何其幸福）'的下一句是'si sua mala nescient（不知其恶）'，而非一直教诲我们的'si sua bona norint（自知其善）'[1]：人类何其幸福，如果他不知罪恶！"

---

[1] 语出古罗马诗人维吉尔（Publius Vergilius Maro，前70—前19年）的《农事诗》，但诗中的拉丁语原文是："O fortunatos nimium sua si bona norint/Agricolas!"直译为："哦，多么幸福啊，如果他知道自己拥有怎样的福运/农夫！"纪德借马尔丹之口对原文进行了改写，将原本与"厄运"对应的"福运"（bona）理解为与"恶"对应的"善"。

接着他跟我谈起狄更斯的一部短篇小说,他相信小说受到了劳拉·布里吉曼事迹的直接启发,并答应我尽快给我寄来。四天后我确实收到了这本《炉边蟋蟀》[1],颇有兴致地看完了。故事有点长,不过哀婉动人,写的是一位年轻的盲女,父亲是个贫穷的玩具制造商,为她维持着一个舒适、富裕和幸福的幻境。狄更斯的艺术技巧竭力把谎言当作虔敬,不过感谢上帝!我不必对吉特吕德用出这些手段。

从马尔丹前来看望我的第二天起,我便开始竭力实践他的方法。我现在很后悔,当初没有像他劝告的那样记录下吉特吕德在这条黎明之路上迈出的最初几步,一开始我自己也是一边摸索一边为她引路。在开头几周需要常人难以想象的耐心,不仅因为这种早期教育需要时间,而且因为它令我遭受指责。让我难以启齿的是这些指责来自阿梅莉。我在此提及此事,并未心存任何恶意、任何酸楚——我对此庄严保证以防

---

[1] 英国作家查尔斯·狄更斯(Charles Dickens, 1812 — 1870)曾在 1842 年的《美国纪行》中摘录过豪尔医生如何教育劳拉·布里吉曼的日记片段,并于 1846 年写成《炉边蟋蟀》,其中同样讲述了一个关于盲女的故事。纪德于 1893 年读到了这部作品。

万一之后这些书稿被她读到。(耶稣在谈及迷途羔羊的寓言后不是立刻便教导我们要宽恕别人的冒犯吗？[1])我还要说：在我遭到她的指责而感到最为难受的时候，我也无法怨恨她反对我在吉特吕德身上花费大量时间。我主要是责怪她不相信我的用心能够获得些许成效。是的，是这种缺乏信任让我难过，不过这并未让我灰心。有多少次我不得不听她念叨："如果你还能做出点成绩……"她始终顽钝地深信我的操心全是徒劳。因此对她而言，我把她始终认为更应该用在别处的时间耗费在这件工作上当然十分不妥。每次我管教吉特吕德时，她总会找机会对我反复唠叨有什么人或什么事等着我去处理，说我把本该花在别人身上的时间都用在了这里。总之我相信是某种母性的嫉妒在煽动她，因为我不止一次听到她对我说："你从来没有对自己的任何一个孩子如此用心。"这是真的。虽说我很爱我的孩子们，但我从不认为需要为他们操心太多。

---

1 迷途羔羊的寓言：详见 P10 注释 2。教导我们要宽恕别人的冒犯：见《新约·马太福音》第十八章第二十一至二十二节："那时，彼得进来，对耶稣说：'主啊，我兄弟得罪了我，我应该宽恕他几次？七次够了吗？'耶稣说：'我告诉你，不是七次，而是七十七次。'"

我经常感到，迷途羔羊的寓言对于某些人而言始终是最难理解的福音之一，尽管他们都发自内心地认为自己是基督徒。每一只离群的羔羊，在牧人眼中可以比剩下所有集聚的群羊更加珍贵，正是这一点让他们的理解力望之莫及。"一个人若有一百只羊，一只迷了路，他难道不会在山上撇下九十九只羊，去寻找那只迷路的羊吗？"——对于这些闪耀着慈悲之光的词语，如果他们敢于坦诚相告，必定会宣称这是最令人愤慨的不公。

吉特吕德最初的微笑让我无比欣慰，百倍回报了我的辛劳。因为"这只羊，如果牧人找到了，我实话告诉你们，它带来的欢喜比那九十九只从未迷失的羊更大"。是的，实话实说，从未有我哪个孩子的笑容让我的心沉浸于如此天使般纯洁的欢乐中，一天早上我看到这种微笑从那雕像般的脸上透露出来，似乎当时她突然开始领悟许久以来我竭力教给她的内容并对此产生兴趣。

三月五日。我把这个日期当作生日记录了下来。这与其说是一个微笑，不如说是脱胎换骨。她的神情一下子鲜活起来，仿佛豁然开朗，如同阿尔卑斯山巅的一道红霞，在黎明之前从黑夜中一跃而出，令其映照的雪峰颤动。这可谓一次神秘的着色过程。我还想到了天使降临、唤醒死水时的毕士大池[1]。在吉特吕德突然呈现出的天使般的表情面前,我产生了一种狂喜,因为在这一瞬间,让我感到降临在她身上的爱的成分远大于智慧。于是一种感激之情让我心潮澎湃,我觉得在这秀丽前额印上的一吻是献给上帝的。

　　这一最初的成果有多么难以获得,之后的进步就有多么神速。今天我努力回想当时我们究竟走过哪些路。有时候吉特吕德跳跃般的进步对我而言简直是对所谓方法的嘲讽。我还记得一开始我坚持强调物体的性质而非种类:热、冷、温、甜、苦、糙、柔、轻……然后是动作:隔开、靠近、举起、交叉、放倒、打结、分散、收拢等等。不久之后,我就舍弃了一切方法,我开始与她交谈,并不太担心她的思路是否能始终跟上。慢慢地,我要求并诱导她对我从容提问。在我任由她自由支配的

---

[1] 毕士大池(Piscine de Bethesda):《新约·约翰福音》第五章第二至第四节记载:"在耶路撒冷,靠近羊门有一个水池,希伯来语叫毕士大,旁边有五条走廊。里面躺着瞎眼的、瘸腿的、血气干枯的各类病人。因为有天使按时下去搅动那水,水动之后,谁先下去,无论害什么病都会痊愈。"

时间，她的思维肯定也在运作：因为每次重新见到她，都会带来新的惊喜，而我总会感到隔绝在我和她之间的夜幕变得愈发稀薄。我觉得，春的坚韧与风的和煦也正是这样一点点战胜了寒冬。多少次我曾赞叹积雪融化的方式：所谓外表维持原貌，内里已经消融。每个冬天阿梅莉都会上当并且对我宣告：积雪从来没有变化。人们以为雪还很厚，它却已经在消失了，然后突然之间，四面八方重现生机。

我担心吉特吕德终日像个老人那样待在炉火边身体会变得虚弱，便开始带她出门。不过她只有握住我的手臂才同意出去散步。从她走出家门的一刻起，在她尚不知如何对我诉说之前，她最初的惊奇与恐惧便让我明白了，她先前从未贸然走到室外。在我发现她的那间茅屋里，没有人真正照管过她，除了给她些吃的，帮助她不至于死掉——我都不敢说那叫"让她活着"。她的黑暗天地被限定在这个她从未离开过的房间四壁之内。夏日里，当房门对着光明的宏伟天地敞开，她曾艰难地冒险走到门槛边。后来她曾对我说，当她听见群鸟鸣唱，她曾把它想象成是一种阳光的单纯效果，包括她感受到抚摸脸颊与双手的暖意也同样如此，况且她也没有对这些进行过深究。对她而言，空气热了会唱歌就像水靠在火边会沸腾一样自然。实际上，她从不关心这些事，对什么都不加留意，直到我开始照顾她那天为止。我还记得，当我告诉她这些细微的声响是活物发出的，她那无尽的狂喜，似乎这些活物唯一的功能就是感受和传达自然世界散落各处的欢乐。（从那天起她就习惯说：我像一只鸟儿那么快乐。）然而一想到她无法亲眼目睹这些歌声中描绘的壮丽景象，她又开始变得忧郁了。

"是真的吗？"她问道，"大地像鸟儿描绘的那么美吗？为什么不再多说一点呢？您为什么不跟我说说呢？是不是想到我看不见害怕我难过？您错了。我完全听懂了鸟儿，我相信我明白它们想说的一切。"

"那些能看见的人没有你听得那么好，我的吉特吕德。"我对她说，希望能安慰她。

"为什么其他动物不唱歌？"她又问道。有时候她的问题出乎我的意料，一时让我感到措手不及，因为她逼迫我思考那些直到那时为止我未曾惊疑便加以接受的事情。于是，我生平第一次想到，动物被束缚得离大地越近就越沉重、越悲伤。这就是我试图让她明白的内容；接着我对她谈起松鼠和它们的游戏。

于是她问我鸟类是不是唯一会飞的动物。

"还有蝴蝶。"我对她说。

"它们唱歌吗?"

"蝴蝶有另一种表达欢乐的方式,"我接着说道,"这被铭刻在它们翅膀的颜色里……"然后我便对她描述蝴蝶的缤纷色彩。

2月28日

我得回顾前情,因为昨天我任由自己扯远了。

为了教育吉特吕德,我自己也必须学习盲文,但很快她就变得比我更善于阅读这种我辨认起来相当困难的字体,尤其是相比用手摸,我更愿意用眼睛看。何况,我并不是唯一教导她的人。首先我很高兴在这方面得到协助,因为我在本地有许多事情要做,这里的住户散落四方,于是我探访穷人和病人有时必须走很远的路。雅克在滑冰时摔折了胳膊,他圣诞期间回来和我们一起过节——因为他此前去了洛桑[1],在那里完成了基础学业并进入了神学院。骨折并不严重,我

---

[1] 洛桑(Lausanne):瑞士西部城市,位于拉布莱维纳以南约七十公里。

立刻喊来马尔丹大夫,他没有另找外科医生便轻松帮他复位了。不过必要的静养迫使雅克必须在家中逗留一段时间。他突然开始对此前从未关注过的吉特吕德关心起来,一门心思协助我教她读书。他的协助只延续到他完成康复,大约三周,然而在此期间吉特吕德进步显著。现在有一种不同寻常的热情激励着她。她的智力昨天还懵懂愚钝,但似乎一旦迈出最初几步,几乎在学会走路之前,她便已经开始了奔跑。我赞赏她没费多少力气就能组织起思路,能够迅速地开始自我表达,表述方式毫不幼稚,而且已然颇为准确。她在塑造观念时,会借助那些我们刚刚教会她认识的事物,以及当她无法直接领会时我们为她讲述和描绘的东西,而她塑造观念的方式,对我们而言显得那么出乎意料,那么充满意趣。因为我们总是利用她能够触碰或感知的东西去解释那些她无法直接感触之物,工作方式就如同测距员一般。

然而我认为不必把这种教育的全部初始步骤记录于此,这些内容大概在所有盲人教育中都能看到。对于每一位盲人,我想,色彩的问题都曾让他的老师陷入同样的困境。(对于这个课题,我注定会发现福音书中没有任何地方提及色彩问题。)我不知道其他人怎么处理这个难题。就我而言，我首先按照彩虹向我们展现的顺序为她命名棱镜折射出的各种颜色。但很快她的头脑中就混淆了色彩与亮度。我意识到她的想象力无法对深浅色调的性质以及画家所谓"明暗浓淡"做出任何区分。她在理解上遇到的最大困难就是每种颜色各自还可以有深有浅，相互之间还能够无限调和。没有什么比这更加令她好奇了，她不断回到这个话题上来。

不过我得到机会带她去纳沙泰尔[1]，让她听上一场音乐会。交响乐中每一件乐器的角色让我得以重新回到色彩的问题上来。我让吉特吕德辨认铜管乐器、弦乐器与木管乐器的不同音色，感受每件乐器如何各自以或高或低的音强呈现完整音阶，从最低音直至最高音。我让她自己以同样的方式去想象，在大自然中，红色与橙色就类似于圆号与长号的音色，黄色与绿色就像小提琴、大提琴与低音提琴，紫色与蓝色则可以联想到长笛、单簧管和双簧管。某种内在的狂喜从那一刻起取代了她的疑云：

---

1 纳沙泰尔（Neuchâtel）：瑞士西部城市，位于拉布莱维纳以东约三十公里。

"这应该很美吧!"她反复说道。

接着,她突然问:

"但是,白色呢?我不明白还有什么像白色……"

这立刻让我感到我的比喻是多么不堪一击。

"白色,"我还是试着对她说道,"是所有音调融合而成的高音极限,就像黑色是低音的极限。"——但对于这一解释我自己比她更不满意。她立即让我注意到,木管、铜管与弦乐器无论在最低音还是最高音时相互之间依然保持着明显的区别。有多少次,就像此时此刻,我被问得不知所措,一开始不得不保持沉默,然后搜肠刮肚究竟可以打个什么比方。

"有了!"我终于对她说,"你把白色当作某种最纯粹的东西,其中不存在任何色彩,只有光;而黑色恰恰相反,填满了色彩,直到完全被遮住为止……"

我在这里回忆这段对话片段,只是为了对我经常遭受的难题举个实例。吉特吕德有一个优点,她绝不会不懂装懂,不会像许多人经常干的那样在他们的头脑中填满各种不确切或错误的论据,导致之后的推论全部失效。只要她没有形成明确的看法,其中每一个概念都会令她局促不安。

对于我上面说到的内容,还增添了新的困难,因为在她头脑中,光线与色彩的概念最初联系得过于紧密,以致之后我下了最大的苦功才将它们分开。

就这样,我不断通过她进行实验,去探究视觉世界究竟如何不同于听觉世界,以及,彼此为了让对方明白而试图提炼的各种比喻究竟有多么蹩脚。

29日

被我那些比喻占据了全部心神,我还未曾说起吉特吕德听完这场纳沙泰尔音乐会后的无限欣喜。那天演出的曲目恰好是《田园交响曲》[1]。我说"恰好",因为不难理解,没有什么作品比这部交响乐是我更希望让她听到的。我们离开音乐厅许久之后,吉特吕德依然沉默不语,仿佛沉浸在迷醉之中。

"您看到的东西真的和这一样美吗?"她终于说道。

---

[1]《田园交响曲》:贝多芬第六交响曲,创作于1808年,共分为五个乐章。各乐章都有独立小标题,分别为《到达乡郊,复苏轻松的心情》《溪边情景》《乡民的快乐集会》《暴风雨》与《天霁后牧羊人的感恩之歌》,以交响乐描述大自然,并用音乐模拟自然世界的真实声响效果。

"和什么一样美,我亲爱的[1]?"

"和'溪边情景'[2]一样。"

我没有立刻回答,因为我思考着,这无法言喻的和谐所刻画的不是现实存在的世界,而是可能存在的世界,它可以没有邪恶,没有罪孽。而迄今为止我还不敢对吉特吕德谈论邪恶、罪孽与死亡。

"那些拥有双目之人,"我终于说道,"并不懂得他们的幸福。"

"但我没有眼睛,"她立刻大声喊道,"我懂得聆听的幸福。"

她一边紧贴着我一边走,像小孩似的压着我的胳膊。

"牧师,您感觉得到我有多么幸福吗?不,不,我这么说不是为了让您高兴。您看我:当人们没说真话的时候,从脸上难道看不出来吗?而我,我从声音里就可以清楚地听出来。您还记得那天在姨母(她这样称呼我

---

[1] "我亲爱的"(ma chérie):法语中长辈称呼心爱晚辈的常用说法,类似于中文里的"我的小心肝"或者"囡囡"。

[2] 贝多芬在《田园交响曲》第二乐章《溪边情景》中描绘了他陶醉于小溪边美丽景致时的悠然感受。在乐章结尾处贝多芬用三种木管乐器分别模拟了三种不同的鸟叫声。贝多芬在乐谱上明确标示:夜莺(长笛)、鹌鹑(双簧管)、布谷鸟(单簧管)。纪德在1931年的一篇文章中提到"贝多芬《田园交响曲》溪边情景里无法言喻的微笑"。

妻子）指责您从来不知道为她做点什么之后，您对我说您没哭。我当时就喊道：'牧师，您骗人！'哦！我立刻从您的声音中感觉到了，您没有对我说实话。我不需要摸您的脸颊就知道您哭过了。"她大声重复道："不，我不需要摸您的脸颊。"——这让我脸红，因为我们还在城里，路人频频侧目。然而她还在继续说：

"不应该试图骗我上当，您看到了吧。首先是因为试图欺骗一个盲人实在太卑鄙了……而且这骗不到我，"她边笑边补充道。"告诉我，牧师，您没有不幸福吧？"

我提起她的手掌贴在我嘴唇上，仿佛为了让她感到我的一部分幸福便来自她，却又不向她承认。与此同时，我回应道：

"不，吉特吕德，不，我并非不幸。我怎么会不幸呢？"

"但是，您有时候会哭？"

"我哭过几回。"

"从我说的那次之后没再哭过吧？"

"没有，从那以后没再哭过。"

"您不再想哭了吧？"

"不想，吉特吕德。"

"那您说……从那以后您还想过骗人吗？"

"没有,亲爱的孩子。"

"您能向我保证再也不会试图骗我吗?"

"我保证。"

"那好!请马上告诉我:我漂亮吗?"

这个突如其来的问题让我愣住了,尤其是直到那天为止我一直不愿正视吉特吕德无可否认的美。再者,我认为她被告知这一点完完全全没有用处。

"你知不知道这一点有什么关系呢?"我立刻对她说道。

"这是我的心事,"她继续说道,"我想知道自己是不是……怎么和您说呢?……我想知道自己在交响乐中会不会走调得太厉害。这个问题我还能去问其他什么人呢,牧师?"

"一位牧师不会关心容貌之美。"我尽力辩解道。

"为什么?"

"因为心灵之美对他已经足够了。"

"您更愿意让我相信自己长得丑。"她妩媚地噘嘴说道。这让我无法继续矜持,我高声说道:

"吉特吕德,您[1]要知道您长得漂亮。"

她不说话了,脸上带着一副极严肃的表情,一直保持到回家。

我们一回到家中,阿梅莉便找到办法让我感到她对我一天的安排很不满意。不过她之前一言不发,任由吉特吕德和我离去了。按她的习惯,总是先任由别人去做,再保留事后斥责的权利。而且她从不对我明确地进行责难。但她的沉默本身已然是一种控诉。因为既然她知道我带着吉特吕德去听音乐会了,那询问我们听到了些什么不是很自然吗?这个孩子如果感到有人对她的快乐表现出最低限度的关心,不会增加她的喜悦吗?阿梅莉也不是一直保持沉默,但她看起来似乎有意装模作样地只谈那些最无意义的琐事。直到夜里,孩子们都上床睡觉以后,我把她单独拉到一旁,严厉地问道:

---

[1] 在牧师与吉特吕德对话时一贯使用"你"(tu),这是长辈对晚辈的惯用称谓。但在这里牧师使用了"您"(vous),其意义并非吉特吕德对牧师说话时所一贯使用的"您"这一敬称,而是以这一严肃口吻表达对吉特吕德的重视,希望她充分认识到自己的美貌,甚至在这一称谓中暗示了牧师把她当作同辈对待。

"我带吉特吕德去听音乐会让你生气了吗？"我得到了这样的回答：

"你对她做的事从来没为你自己的任何孩子做过。"

所以这始终是同样的抱怨，始终拒绝理解寓言里描绘的"人们为归来的浪子庆祝，而非那些留下的孩子"[1]。让我难过的还有看到她完全不考虑吉特吕德的残疾，而音乐对吉特吕德来说是唯一能够期待的快乐。平时我很忙，如果说凑巧这天有空闲，阿梅莉的指责更显得不公，因为她很清楚我的每个孩子不是有功课要做就是杂事缠身；而她自己，阿梅莉，对音乐毫无兴趣，即便当她有一切时间可供支配，也绝不会冒出去听音乐会的念头，哪怕就在家门口。

更加让我气恼的是，阿梅莉竟敢在吉特吕德面前说这些话。因为尽管我把妻子拉到一边，她还是提高嗓门让吉特吕德能够听见。相比悲伤我更感觉愤怒。

---

[1] 语出《新约·路加福音》第十五章第二十九至三十二节："大儿子对父亲说：'我服侍你多年，从来没有违背你的命令，你却没有给过我一只山羊，让我和朋友们一起享受。但你这个儿子和娼妓一起侵吞了你的产业，他一回来，你倒为他宰了肥牛。'父亲对他说：'儿啊，你天天和我在一起，我的一切都是你的。只有你这个兄弟是死而复生，失而复得的，所以我们理应欢喜快乐。'"

过了一会儿,当阿梅莉抛下我们之后,我走到吉特吕德身边,握住她柔弱的小手贴在我脸上:

"你看!这次我没有哭。"

"不,这次,轮到我哭了。"她说道,强颜向我微笑。在她向我抬起的美丽脸庞上,我突然看见已然泪水涔涔。

3月8日

　　我唯一能够讨好阿梅莉的，就是避免去做那些让她不高兴的事情。她唯一允许我做的就是这类完全消极的爱意表达。她根本无法意识到，她究竟已经把我的人生局限到了何种程度。啊！如果她要求我为她做一件难事，那真要感谢上帝！我会带着多大的快乐去为她不顾一切、赴汤蹈火！但是似乎她对于一切不合常规之举都深恶痛绝，于是对她而言，生活的进展仅仅是给过去增加几天雷同的日子。她不期望新的美德，甚至不接受我有任何新的美德，而且不认为公认的美德能够有所增益。除了驯服的本能之外，对于灵魂试图从基督教义中看出其他内容而进行的一切努力，她即便不加以斥责，也会深表担忧。

我必须承认自己完全忘记了阿梅莉的嘱托,她之前让我一到纳沙泰尔,就去跟我们的缝纫商结账,然后给她带一盒棉线回来。但之后我对自己的恼怒远胜她本人能发的火,尤其是我曾信誓旦旦绝不食言。另外,我深知"小事可靠的人大事也可靠"[1]——所以我害怕她将从我的遗忘中得出的结论。我甚至希望她斥责我几句,因为在这件事上我实在罪有应得。但常情便是,想象的抱怨比明确的非难更加厉害:啊!人生会更加美好,我们的苦难将更堪忍受——如果我们只限于处理真实存在的痛苦,而不去倾听我们精神中的幽灵与野兽……不过我在这里信笔写下的话已经可以作为一场布道的主题了(《马太福音》第十二章第二十九节:"不要忧虑"[2])。吉特吕德心智与道德的发展过程才是我要在这里追踪的。我这就言归正传。

我希望能够在此一步一步追踪这一发展过程,之

---

[1] 语出《新约·路加福音》第十六章第十节。
[2] 这句话实际出自《新约·马太福音》第六章第三十一节:"所以,不要忧虑,说:吃什么?喝什么?穿什么?"和《新约·路加福音》第十二章第二十九节:"你们不要求吃什么,喝什么,也不要忧虑。"

前也已经开始讲述其中细节。但除了缺少时间详细记录每一阶段，今天要重新找出它们的确切关联对我来说也极其艰难。我的叙述带动着我，首先我汇报了吉特吕德的思考，以及我与她的谈话，这些都晚近得多，那些无意间读到这几页的人听到她立刻便能如此准确、如此合理地自我表达，多半会感到震惊。当然她的进步确实出人意料地神速：我常常赞叹，对于我带给她的心智食粮以及一切其头脑能够占有之物，她的精神捕捉得何其迅猛，通过消化和不断催熟将之化为己用。她总是让我吃惊，不断领先、超越我的思想，常常在前后两次谈话之间就令我对我的学生刮目相看。

不到几个月，她的心智便不似曾经长久沉睡。甚至她表现出的智慧已然超越了大多数少女，因为外部世界令她们分心，无数无关紧要的心思耗尽了她们最主要的精力。另外，我认为她明显比一开始我们感觉到的年纪要大。似乎她试图转而利用起她的失明，以致我有时怀疑，在许多方面，这种残疾对她而言是不是一种优势。无意中我把她和夏洛特做了对比，在我辅导后者温习功课时，看到她因为有苍蝇飞过而分心，我便想："要是她看不见多好，就能更认真地听我讲了！"

吉特吕德对阅读的渴望自不待言。不过，因为操心如何尽一切可能陪伴她的思想发展，我宁愿她没读那么多，或者说至少不要在我不在场时读那么多——尤其是《圣经》，这对于一位新教徒来说可能显得很奇怪。我之后会在这方面做出解释。不过，在涉及这一重大问题之前，我想先谈论一件关于音乐的小事，据我回忆，事情发生的确切时间就在纳沙泰尔音乐会之后不久。

是的，那场音乐会，我觉得应该在雅克回家度暑假前三周。在此期间，我不止一次让吉特吕德坐在我们教堂的管风琴前，那个一贯由 M 小姐占据的位置上，吉特吕德现在就住在她家。露易丝·德·拉·M 此前尚未开始对吉特吕德的音乐教学。尽管我对音乐充满热爱，却并不懂多少，当我和她并排坐在键盘前，实在不觉得自己有能力教导她任何东西。

"不，让我来吧，"她刚开始摸索便对我说，"我更想独自试试。"

我也更愿意离开她，因为教堂让我感觉并不完全是一个为我和她闭门独处的得体地点，一方面是出于对圣地的敬意，一方面是害怕闲言碎语——尽管平时我都尽力对此不予理会，但毕竟这里还涉及她，而非仅仅只关乎我自己。每当有这一方向的巡回探视任务召唤我，我便带着她一直走到教堂，然后把她一个人留在那里，常常让她待上好几个小时，回程时再去接她。她就这样，耐心地，专注于发现各种和弦。我在临近黄昏时重新见到她，她全神贯注，某个和音让她沉浸在持久的陶醉中。

八月初的某一天，大约半年多以前，我去慰问一个贫穷的寡妇，碰巧她家里没人，于是我便回教堂接留在那里的吉特吕德。她不会料到我回来得这么早，而我极度惊讶地发现雅克在她身边。他们二人都没有听见我进来，因为我轻微的脚步声被管风琴的乐音掩盖。我天性不愿窥私，但涉及吉特吕德的一切都让我留心：于是我放轻脚步，偷偷爬上通向讲坛的几级楼梯台阶。绝佳的观察位置。我必须指出，我停留在那里的全部时间内，没有听见他们讲出一句不能在我面前讲的话。但他紧挨着她，有好几次，我看见他握着她的手，引导她的手指按键。她接受他的观察和指导，之前却和我说她宁愿不要，这难道不已经很奇怪了吗？我感到的震惊和难过比我愿意对自己承认的更多，而在我已经准备加以干预时，我看到雅克突然掏出怀表。

"现在,是我离开你的时候了,"他说,"我的父亲快要回来了。"

于是我看到她放开手任由他抬到唇边,然后他便走了。过了一会儿之后,我悄无声息地走下楼梯,打开教堂大门,有意让她能够听见并以为我刚刚进来。

"怎么,吉特吕德!准备好回去了吗?琴练得好吗?"

"是的,非常好,"她用最自然的声音对我说道,"今天我真的有些进步。"

一种强烈的悲伤盈满我心,但对于我方才讲述之事,我们两人都没有做任何影射。

我急于和雅克独处。我的妻子、吉特吕德还有孩子们一般晚餐后很早就回房了,留下我们俩勤勉夜读。我等待着这一时刻。但在和他谈话之前我感到如此心慌意乱,以致我不知如何提及这个令我坐立不安的话题,或是不敢提及。是他突然打破沉默,对我宣布他决定在我们身边过完整个假期。然而,就在几天之前,他刚刚告诉我们他准备去上阿尔卑斯地区旅行的计划,妻子和我都极为赞同。我知道他的朋友 T 是他选定的旅伴,正在等他。同时让我清楚地感到,这一骤变不可能和我刚刚撞见的那一幕无关。一开始,一种强烈的愤怒把我煽动起来,却又担心,如果我任其发作,我的儿子会从此彻底对我关闭心扉,同时也害怕言辞过激会让自己后悔。我做出极大的努力克制自己并用尽可能自然的语气说道:

"我原以为T还在指望着你呢。"

"哦!"他回道,"他并不一定指望着我,而且找人替我并不困难。我在这里和在高地[1]一样休息得很好,而且我真心认为,相比在山间奔波,我在家里能更好地利用时间。"

"那么,"我说,"你在这里找到什么事情可做了?"

他看着我,察觉我的音调中略带嘲讽,不过,因为还未识破其中用意,他便神色轻松地回应道:

"您知道我一直喜爱书籍胜过登山杖。"

"是的,我的朋友,"轮到我盯着他了,"不过你不认为风琴伴奏课程比阅读对你更有吸引力吗?"

他多半感到自己脸红了,因为他把一只手放在前额,仿佛为了躲避灯光。不过他几乎立刻恢复了镇定,

---

[1] 高地(Oberland):全称"Oberland bernois","伯尔尼高地",在德语中"Oberland"意为高地,瑞士位于阿尔卑斯山的部分地区,即上文所谓"上阿尔卑斯",是世界闻名的旅行目的地。

他回答的声音斩钉截铁，而我原本希望不要这么笃定：

"不要过分指责我，我的父亲。我的本意并非向您隐瞒任何事，我正准备向您承认，而您仅仅抢先了一步。"

他沉着地说着，就像在念书，每说完一句话都带着同样的冷静，似乎这与他自己无关一样。他表现出的不同寻常的自制力终于将我激怒。他感到我要打断他的话，于是举起手，仿佛对我说：不，您可以之后再说，先让我讲完。但我抓住他的胳膊边摇边说道：

"与其看着你给吉特吕德纯洁的灵魂中带去混乱，"我激烈地咆哮道，"啊！我宁可不再见到你。我不需要你承认！利用别人的残疾、天真和单纯，我从没想到你竟做得出这么恶劣的无耻行径，而且和我谈论时带着这种可憎的冷血！给我听好了：我亲自负责吉特吕德，我不能容忍你对她说话，摸她，看她，哪怕多一天也不行。"

"但是，我的父亲，"他依旧以让我勃然大怒的平静回应道，"请相信我尊重吉特吕德，就像您能够做到的一样。如果您认为其中涉及什么应受指责之事，您完全是误会了，我要说：不但我的行为中没有，而且我的意图里，乃至我内心隐秘处都没有。我爱吉特吕德，而且我尊重她，我对您说实话，我像爱她那么尊重她。意图给她带去混乱、利用她的天真与失明对我而言和您认为的一样恶劣。"接着他断言，他想要成为她的一种支撑，一位朋友，一个丈夫。在尚未下定决心迎娶她之前，他不认为有必要和我探讨此事。这个决心吉特吕德本人也还不知道，我才是他优先谈论这件事的对象。"这就是我本要向您承认的，"他补充道，"我没有其他要和您坦白了，请相信这一点。"

这些话让我大惊失色。一边听一边感觉太阳穴狂跳。我只是准备斥责一番，随着他把令我愤慨的理由一一驳倒，我感觉自己更加心烦意乱，等他讲完我已无话可说。

"去睡吧，"在漫长的沉默之后我终于说道。我站起身，把手按在他肩头。"明天我会把我对这一切的想法告诉你。"

"至少告诉我您不再生我的气了。"

"我需要夜里好好想想。"

当第二天我重新见到雅克，我真觉得自己是第一次正视他。突然我的儿子让我感到不再是一个孩子，而是个青年了。只要我一直把他当成孩子,我在无意中发现的这份爱情就会令我感觉可怕至极。我花了一整夜时间劝说自己,相反这完全是自然和正常的。那么我这愈发激烈的不满究竟从何而来呢?让我明白其中缘由还需少许时日。在此期间我需要和雅克谈谈并告诉他我的决定。不过一种与良心同样可靠的本能警告我必须不惜一切代价阻止这桩婚事。

我把雅克领到花园深处,在那里我首先问他:

"你对吉特吕德表白了吗?"

"没有,"他对我说,"也许她已经感到了我的爱,但我还没有对她明说。"

"那好!你要答应我不再对她提起。"

"我的父亲,我答应听您的,但我能否知道您的理由?"

我犹豫着要不要告诉他,也不知那些首先进入我脑海中的理由是否应该放在最前面讲。实话说在这个问题上,良心对我行为的支配远大于理性。

"吉特吕德太年轻了,"我终于说道,"你要考虑到她还没有领过圣餐。你知道这个孩子和其他人不一样,唉!她的成长已经被耽误了很久。对于她听到的第一次情话,她多半会像一贯待人接物那样坚信不疑,而且过于敏感动情。正因如此才不应该和她说这些话。占有一个无法自卫的人,这是卑劣之举。我知道你不是这种人。你说你的感情无可指责,而我说它们有错,因为为时过早。谨慎是吉特吕德还不具备的素质,所以我们要替她做到。这是一个良心问题。"

雅克有一个长处,为了约束他,只需要讲几个简单的词语——"我求你讲良心",他童年时我就经常使用。不过我看着他,想到如果吉特吕德能看见,她也会情不自禁地欣赏这修长的高大身躯,如此挺拔又如此灵活,欣赏这没有皱纹的漂亮额头,这坦率的目光,这稚气未脱却又似乎被一种突如其来的严肃笼罩的面孔。他不戴帽子,头发灰白,蓄得很长,在两鬓微微卷起,半掩着耳朵。

"还有一件事我想要求你,"我从同坐的长椅中站起来又说道,"你曾经说过,你有意明天动身。请你不要拖延了。你必须离家整整一个月,请你不要把这次旅行缩短哪怕一天。说定了?"

"好吧,我的父亲,我听您的。"

他让我感觉变得极度苍白,甚至双唇也没了血色。但我相信,屈服得如此迅速,他的爱不会太过强烈。我从中感到一种难以言喻的放松。而且,我对他的顺服也很感动。

　　"我找回了曾经喜爱的孩子。"我温和地对他说,把他拉到身边,亲吻他的额头。他微微后退,不过我无意对此感觉不快。

3月10日

我们的住宅太小,导致我们不得不蜗居于此。这对于我的工作而言有时颇为不便,尽管我在二楼保留了一个小房间,可以在那里躲开别人或接待来客。但更为不便的是,当我想单独和某个孩子交谈,又不想让对话显得过于郑重时,这种状况却偏偏会在这间会客室中发生,孩子们将其戏称为"圣地",平时禁止入内。不过那天早上,天气晴朗,雅克去纳沙泰尔买登山鞋,午餐后孩子们和吉特吕德一起出门了,一会儿他们给她领路,一会儿她给他们领路。(我要在这里欣喜地指出夏洛特对她格外关心。)我们从来都在客厅喝茶,于是到了下午茶时间,我很自然地便和阿梅莉独处一室。这正是我希望的,因为我急于和她谈谈。遇到与她面对面的机会是如此难得,以至于我感觉有些羞怯，而我要和她谈话内容的重要性更让我慌乱，仿佛它涉及的，不是雅克的自白，而是我本人的心迹。在开口之前，我也体会到，两个相爱的人，共同经历着完全相同的人生，相互之间究竟可以处得（或变得）多么互不理解与彼此隔阂。在这种情况下，无论是我们朝对方还是对方朝我们讲出的话，都像敲击钻头般哀怨地鸣响，提醒我们这隔墙的阻力，而如不加以注意，它还有变得更厚的危险……

"雅克昨晚还有今早和我谈了。"她沏茶时我开始说道。昨天雅克的声音有多笃定，今天我的声音就有多颤抖。"他和我谈起了他对吉特吕德的爱。"

"他和你谈起这件事很好。"她没有看我，继续做她的家务，仿佛我对她提起了一件最平常不过的事情，或者说就好像我什么都没有告诉她。

"他和我说他想娶她，他的决心……"

"这是可以预料的。"她一边啜嚅一边微微耸肩。

"那你早就察觉了？"我有些烦躁。

"早就看出来了。不过这类事情男人不会注意的。"

因为反驳毫无用处，而且她灵巧的反诘中可能有一点点真实成分，我只是提出异议：

"既然如此，你本该提醒我。"

她嘴角露出一丝僵硬的微笑,有时她便用这种表情伴随并维护她的保留意见,同时她偏着头摇了摇:

"一切你不会注意的事情都要我来提醒你吗!"

这种含沙射影究竟意味着什么?我不知道,也不想知道,于是不予理会:

"说到底,我本想听听你对这件事的看法。"

她叹了口气,然后说道:

"你知道,我的朋友,我从来不赞成这个孩子出现在我们家里。"

看到她又旧事重提,我好不容易才没有当场发怒。

"这和吉特吕德的出现无关。"我回应道。但阿梅莉继续说:

"我一直认为事情的结果只会让人恼火。"

出于和解的强烈愿望,我立即抓住了话头。

"那么你也认为这样的婚姻是让人恼火的。那好!这就是我想听你说的,很高兴我们有同样的看法。"我还补充说雅克温顺地听从了我讲给他的道理,因此她不用再担心什么:他已经同意自己明天动身,旅行会持续整整一个月。

"你不愿意他回来时会来这里找吉特吕德,我比你更不愿意,"我最后说,"我想最好把她托付给 M 小姐,我可以继续去那里看她；因为我毫不讳言自己对她负有真正的责任。这样你也能摆脱一个让你难以忍受的人。露易丝·德·拉·M会照顾吉特吕德，而且对这一安排表现得非常高兴，已经欢欣雀跃地开始给她上音乐课了。"

阿梅莉似乎执意保持沉默，我又说道：

"为了防止雅克背着我们去那里找吉特吕德，我觉得应该把情况告诉M小姐，你不认为吗？"

我试图用这样的追问从阿梅莉那里得到只言片语。但她始终双唇紧闭，仿佛已经立誓一言不发。于是我继续开口，不是还有什么要补充，而是因为无法忍受她的沉默：

"况且，雅克旅行回来之后也许已经治愈了他的爱情。在他的年纪，到底懂不懂自己的欲望？"

"啊！即便年纪大了，有的人也不见得就能搞懂。"她终于阴阳怪气地说道。

她谜语般说教式的声调惹怒了我，因为我生性直率，无法轻易适应这类神神秘秘的态度。我朝她转过身，要求她解释清楚其中到底暗示什么。

"没什么，我的朋友，"她悲伤地回应道，"我只是想到前不久你还希望有人提醒你没注意到的事情呢。"

"那又怎么样?"

"那么我对自己说要提醒也不容易。"

我说,我向来反感故作神秘,原则上也拒绝弦外之音。

"你想让我理解你,就尽量表达得明白点。"我用一种也许略显粗暴的方式回应道,旋即便后悔了,因为我一瞬间看到她的双唇在颤抖。她扭过头,然后站起身,在房间里迟疑地迈出几步,脚步似乎有些踉跄。

"好了,阿梅莉,"我大叫道,"为什么你还在难过,现在不是一切都修复如初了吗?"

我感觉自己的目光让她难堪,于是转过身,肘撑餐桌,手托着头说道:

"我刚才和你讲话很生硬。对不起。"

这时我听到她朝我走过来,接着感到她的手指轻轻放在我额头上,用一种温柔而充满哭腔的声音说:

"我可怜的朋友!"

接着她便立刻离开了房间。

阿梅莉的话,当时让我觉得神秘莫测,不久以后就完全明白了。按照它们最初让我感受到的样子,我如实一一记录下来。而这一天我只知道一点:是吉特吕德离开的时候了。

3月12日

　　我给自己规定了一项任务,每天必须把一些时间花在吉特吕德身上,根据每日工作情况,几小时或者片刻不等。在我与阿梅莉发生这场对话的第二天,我刚巧有空,加上晴好的天气相邀,我便带着吉特吕德穿过森林,一直走到汝拉山口[1]。在那里,晴天时,目光透过枝杈的帷幕,越过轻柔的薄雾,便会发现在被人类统治的广袤国土之外,令人惊叹的阿尔卑斯雪峰。当我们抵达习惯的歇脚之处,太阳已然在我们左边垂落。一片低矮浓密的牧场在脚下延伸。更远处几只奶牛在吃草,在这山区牧群中,每头牛脖子上都挂着一个铃铛。

1　汝拉山(Jura):又译作"侏罗山"。是一座位于阿尔卑斯山以北的山脉,横跨法国、瑞士和德国,从牧师居住的村镇附近蜿蜒而过。

"它们在描绘风景。"吉特吕德一边听着铃声一边说道。

像每次散步一样,她要求我向她描述我们的驻足之地。

"不过,"我对她说,"你已经认识这里了,这就是能让我们看见阿尔卑斯山的那个森林边缘。"

"今天看得清吗?"

"它的壮丽一览无余。"

"您对我说过山色每天都略有不同。"

"今天我把它比作什么呢?比作夏季白日的干渴。在黄昏之前山色便要消融在暮色中了。"

"我希望您能告诉我,在我们面前广阔的牧场上有百合花吗?"

"没有,吉特吕德。在这么高的地方不会长百合花,要么只有某些稀有品种。"

"没有人们说的田野百合吗?"

"田野里没有百合。"

"即使在纳沙泰尔周围的田野中也没有吗?"

"没有田野百合。"

"那主为什么对我们说'看看田野百合'¹呢?"

"既然他这么说了,那么在他的时代或许有吧。但人类的耕种让它们消失了。"

"我记得您经常对我说,这片大地最大的需要是信任与爱。您不认为只需更多一点信任,人类就能重新开始看见田野百合了吗?而我,当我听到这句话时,我向您保证我看到了。我给您描述一下,您愿意听吗?——好像火焰之钟,填满爱意芬芳的蔚蓝大钟,在晚风中摇曳。您为什么对我说,我们面前没有呢?我感觉得到!我看见花开遍了整片牧场。"

"它们不会比你看见的更美,我的吉特吕德。"

"您应该说它们不会不如我看见的那么美。"

"它们和你看见的一样美。"

"'我对你们说,事实上即便是所罗门,在他的一切荣光中,穿着也不如一朵田野百合。'"²她引用基督的原话说道,听见她如此婉转的嗓音,我感觉自己仿佛第一次聆听这些词语。"在他的一切荣光中。"她若

---

1 语出《新约·马太福音》第六章第二十八节:"何必为衣裳忧虑呢?看看田野里的百合花,它既不劳作,也不纺织。"
2 语出《新约·马太福音》第六章第二十九节。

有所思地重复念诵,接着沉默了片刻。于是我说道:

"我对你说过,吉特吕德:那些拥有双眼的人不懂得如何观看。"这时我听见从内心深处升起这句祷文:"我感谢你,上帝,你向卑微者揭示你对聪慧者隐匿之物。"[1]

"您要是知道,"她欣喜若狂地大声说,"您要是知道我想象这一切多么容易就好了。喏!想要我向您描述这里的风景吗?……在我们背后,头顶和四周,是高大的冷杉,散发着树脂的香味,石榴红的树干,幽暗细长的横枝,当风试图把它们压弯时便发出呻吟。在我们脚下,色彩缤纷的广阔牧场好像一本打开的书,倚靠在山峦这托架上,云影让它变蓝,阳光把它染黄,它清晰的字词便是那些花朵——龙胆、白头翁、毛茛,还有所罗门美丽的百合花。群牛带着铃铛过来认字,因为您说人类的眼睛是封闭的,于是天使们来这里读

---

[1] 这句祷文改写自《新约·马太福音》第十一章第二十五节:"那时,耶稣说:'父啊,天地的主,我感谢你!因为你把这些事向聪明通达的人藏起来,向婴儿显露。'"《新约·路加福音》第十章第二十一节也有类似的语句:"正当那时,耶稣因被圣灵感动而欢乐,说:'父啊,天地的主,我感谢你!因为你将这些事对聪明通达的人藏匿起来,对婴孩就显露出来。父啊!是的,因为你的美意本是如此。'"牧师在此将原文中的"婴儿"改为"卑微者"。

书。在书的下方,我看见一条奶水蒸腾的大河,雾气缭绕,遮住整座神秘之渊,这是一条无垠宽广的河流,没有对岸,在那边,我们面前极远之处,是耀眼夺目的秀丽阿尔卑斯……那里正是雅克要去的地方。您说:明天他真的要走吗?"

"他明天必须走。他和你说了?"

"他没和我说,但我明白。他必须离开很久吗?"

"一个月……吉特吕德,我想问你……为什么你没有告诉我他去教堂找你的事?"

"他来找过我两次。哦!我不想向您隐瞒,但我担心让您难过。"

"你不说才让我难过。"

她的手摸索着我的手。

"他走了会伤心的。"

"告诉我,吉特吕德……他和你说过他爱你吗?"

"他没有和我说过,但没有说我也感觉得到。他不如您那么爱我。"

"那你呢,吉特吕德,看到他离开你痛苦吗?"

"我觉得他离开为好。我无法回应他。"

"但是你说说看:你,看到他离开,你痛苦吗?"

"您很清楚我爱的是您,牧师……哦!为什么您把手抽走了？如果您没有结婚，我不会跟您这么说。但没人会娶一个盲女的。那么我们为什么不能相爱？您说，牧师，您认为这是恶吗？"

"爱中从来没有恶。"

"我在心中只感到善。我不想让雅克痛苦。我不想让任何人痛苦……我想要给予别人的唯有幸福。"

"雅克想过向你求婚。"

"您能让我在他走之前和他谈一谈吗？我想让他明白他必须断绝对我的爱。牧师，您明白，我不能嫁给任何人，对吗？您会让我和他谈谈的，对吗？"

"今晚就谈吧。"

"不，明天，在他临走的时候。"

太阳在灿烂晚霞中渐渐落下。空气温润。我们站起身，一边说话一边踏上了回程的幽暗小路。

第二册

4月25日

我不得不把这本笔记搁置了一段时间。

雪已经化了,道路刚一重新打通,我就必须去履行村庄被长期隔绝期间不得不延后的大量事务。直到昨天,我方才得到了一丝空闲。

昨夜我把之前写下的内容全部重读了一遍……

今天我敢于对自己心中长久未被言明的感情直呼其名,我几乎无法解释,我如何能把它误认到现在;我曾引述的阿梅莉的那些话语,我怎么会觉得神神秘秘;在吉特吕德天真的告白之后,我怎么还会怀疑自己是否爱着她。这是因为,当时我绝不认同在婚姻之外允许存在爱情,与此同时,我对吉特吕德倾注的满腔热情,我也不认为从中可以看出任何违禁内容。

她那些表白的天真,还有它们本身的坦率都让我安心。我心想：这是个孩子。真正的爱情不会没有迷乱和羞赧。从我这方面来说，我说服自己，我爱着她就像爱一个残疾儿，我照顾她就像照顾一位病人——我早已把这未经思考的冲动变成了一种道德责任，一份义务。是的，说真的，那天傍晚当她对我说出我记录的那些话，我感到自己的灵魂如此轻松愉悦，以致我当时依旧在误解自己，甚至在记录这些言辞时也依然如此。因为此前我以为类似的爱情应受谴责，我曾认定一切应受谴责之事都会让灵魂承压，而当时我没有感到自己的灵魂有任何负担，我便不认为这是爱情。

我不但如实引述了这些谈话，而且是在完全相同的精神状态中将它们记录在案。说实话直到昨夜重读时我方才醒悟……

雅克一离开，我们的生活便又恢复了平静。雅克走前我让吉特吕德和他谈了话，他直到假期结束前的最后几天才回来，故意回避吉特吕德或是只在我面前和她交谈。按照约定，吉特吕德已经寄宿在了露易丝小姐家里，我每天都去看她。不过，因为害怕重提那份爱，我佯装不再和她谈起任何能令我们感动的话题。我只以牧师的身份和她说话，通常露易丝都在场，我尤其关注她的宗教教育，让她为复活节领圣餐一事做好准备。

复活节当天，我也同样领了圣餐。

这是半个月前的事了。雅克在我们身边度了一周假，让我惊讶的是，他没有陪我一起参加圣餐仪式。而我必须极为遗憾地说，阿梅莉也同样放弃参与，这是我们结婚以来的第一次。仿佛他们事前已经串通一气，决心通过故意不参加这一庄严聚会来在我的欢乐上投下阴影。在此我更要庆幸吉特吕德无法看到这一切，而只有我一人承受这阴影的重压。我太了解阿梅莉了，不会看不出在她的行为中掺杂着对我的间接指责。她从未公开非难于我，但会坚持以某种划清界限的方式向我表明她的反对。

我想说，我对关注这类抱怨颇为反感，它可能压抑阿梅莉的灵魂，直至令其偏离她本人的最高利益，对此我深感不安。回到家中我真心实意地为她祈祷。

至于雅克为何拒绝参与，则是出于完全不同的因由，在我与他不久之后进行的一次谈话中，真相大白。

5月3日

对吉特吕德的宗教教育引导着我以新的眼光重读福音书。这愈发让我感到,构成我们基督教信仰的许多概念并非出自耶稣的原话而是圣保罗[1]的阐释。

这正是我不久前与雅克讨论的主题。他性格有些冷淡,他的心灵无法为其思想提供足够的养分,于是变得保守而教条。他指责我在基督教义中选取"合我心意"的内容。但我从来没有刻意选取耶稣的哪一句话。我只是在耶稣与圣保罗之间选择耶稣。因为害怕让二者相互对立,他拒绝把这两人区分开来,拒绝感

---

[1] 圣保罗(saint Paul):早期教会最有影响力的使徒,基督教第一代领导者之一,首先向非犹太人传播耶稣福音,在小亚细亚与欧洲地区建立多个教会,影响深远。《圣经·新约》中约有一半内容由他亲手著录。

受他们各自启示的差异；如果我对他说，我在这里聆听一个人，而在那里听到上帝，他便出言反对。他越是争辩，越让我相信：耶稣独一无二的神圣语气，哪怕在其只言片语中也同样存在，而他却完全感觉不到。

我遍寻福音书，徒劳地寻找戒律、威胁、禁令……所有这一切只来自圣保罗。在耶稣的话语中是找不到的，正是这一点让雅克难堪。与他相似的灵魂一旦感觉不到身边的支柱、扶手与栏杆，就会自以为迷失。另外，他们难以容忍别人身上出现被他们主动放弃的自由，却总想用强制手段去得到人们准备用爱给予他们的一切。

"但是，我的父亲，"他对我说，"我也希望大家幸福。"

"不，我的朋友，你希望他们顺服。"

"正是在顺服之中存在幸福。"

我任由他结束了我们的对话，因为吹毛求疵令我不悦。不过我很清楚，试图去得到那些仅仅是幸福之效果的东西，只会令幸福本身遭受损害——确实可以认为热恋中的灵魂为其心甘情愿的顺服而喜悦，但没有什么比无爱的顺服更排斥幸福。

总之，雅克颇为善辩，如果不是因为在一个如此年轻的头脑中已经存在这么多生硬的教条,让我见了十分痛心,我多半会赞赏他论据的准确与逻辑的严谨。我经常感觉自己比他更年轻,感觉今天比昨天更年轻,我反复念诵这句话:"如果你们不能变得像孩子一样,你们就无法进入天国。"[1]

在福音书中看出一种抵达真福生活的方法[2],是否意味着背叛耶稣,是否意味着对福音书的缩减与亵渎?喜悦的状态,对于基督徒而言是一种必不可少的状态,却被我们的怀疑与心灵的冷酷所阻碍。每一个生灵或多或少都有喜悦的能力。每一个生灵都必须追求喜悦。在这方面吉特吕德的一个微笑传授给我的,比我教她的那些课程更多。

耶稣的这句话曾经光辉闪耀地矗立在我面前:"如

---

[1] 语出《新约·马太福音》第十八章第三节。
[2] 德国唯心主义哲学家约翰·费希特(Johann Gottlieb Fichte, 1762—1814)1806 年出版著作《真福生活劝言》,1845 年该书被译为法文,法文标题即为《抵达真福生活的方法》(*Méthode pour arriver à la vie bienheureuse*),纪德在 1893 年前后阅读了这部著作,受影响颇深。

果你们盲了,你们就没有罪孽。"[1]罪孽,是令灵魂沉沦之物,是与喜悦对立之物。照耀着吉特吕德全部身心的完美幸福,正来自她毫不知晓何为罪孽。在她身上只有光明,只有爱。

我把"四福音书"、《诗篇》、《启示录》还有约翰的三卷使徒书信[2]交到她警觉的双手中,她在其中可以读到:"上帝是光,他身上毫无黑暗"[3],就像在福音书中她已经可以听到救世主说:"我是世界的光,那与我同行之人将不会行走于黑暗。"我拒绝给她圣保罗的书信,因为,如果她眼盲,她便不知罪孽,至于"罪孽

---

[1] 语出《新约·约翰福音》第九章第四十一节:"耶稣对法利赛人说:'你们若瞎了眼,就没有罪了。但如今你们说自己能看见,所以你们的罪还在。'"耶稣的原意并非看重或赞美失明本身,而是对法利赛人揭露,他们所谓的"看见"其实是盲目的,是被欲望把控的。牧师在此处把耶稣口中隐喻意义的"瞎眼"和吉特吕德真实的失明做了合并,是一种个人化的经文应用。

[2] "四福音书"包括《马太福音》《马可福音》《路加福音》《约翰福音》,是《圣经·新约》的头四卷,主要记录耶稣的生平事迹,但四位记录者的侧重各不相同。
《诗篇》出自《圣经·旧约》,收录以色列人赞美上帝的圣诗一百五十首。
《启示录》是《圣经·新约》最后一章,主要讲述对未来的预警,对世界末日的预言,最后审判以及耶稣再临。
约翰的三卷使徒书信分别为《约翰一书》《约翰二书》与《约翰三书》,谈论如何生活、如何向道等等。

[3] 语出《新约·约翰福音》第一章第五节。

通过戒律获得了新的力量"[1](《罗马书》[2]第七章第十三节)以及之后的一切论证,无论多么令人赞赏,又何必令她在阅读时因此而不安呢?

---

[1] 此处根据法文直译而来,和合本《圣经》将该句译作:"但罪借着那良善的叫我死、就显出真是罪,叫罪因着诫命更显出是恶极了。"
[2] 《新约·罗马书》是圣保罗写给当时罗马城基督教会的一卷书信,专门谈论了罪孽与救恩等问题。

5月8日

马尔丹大夫昨天从拉绍德丰过来。他用检目镜详细检查了吉特吕德的双眼。他对我说之前和洛桑的眼科专家鲁大夫谈论过吉特吕德，他有必要把这次的观测结果告知对方。他们两人的意见一致：吉特吕德有进行手术的条件。不过我们约定，在没有进一步确定之前对她本人绝口不提。马尔丹在会诊后要告知我情况。让吉特吕德燃起一个可能立刻熄灭的希望又有何益？——何况，她现在这样不幸福吗？……

5月10日

  复活节时,雅克与吉特吕德又见面了,在我在场的情况下——至少雅克又见到了吉特吕德并且和她说了话,不过都是些无关紧要的内容。他表现出的并没有我曾经担心的那般激动,这再次让我确信,如果他的爱真的无比炽烈,就没有那么容易低落下去,哪怕吉特吕德去年在他离开之前曾对他声明他的爱必然毫无希望。我还注意到他对吉特吕德以"您"相称[1],这当然更好。我之前并没有要求他这样做,因此我很高兴他自己领会了这一点。不可否认他的身上还是有很多优点的。

---

1 在法语中,如果两人之间以"您"相称,一方面表示对于对方的尊敬,另一方面也表示相互关系的疏远,还没有到以"你"相称的那种亲密。

然而我还是担心，雅克的这种顺从难免经历过斗争和挣扎。麻烦之处在于，他必须强加在其心灵上的束缚，现在让他觉得这本身是正确的。他希望看到这种束缚强加在所有人身上。在我上文记录的刚刚和他进行的讨论中，我便感到了这一点。拉罗什富科[1]不是说思想常常受心灵欺骗[2]吗？不用说我不敢对雅克立刻指出这一点，因为我熟悉他的脾性，我将他视为那种愈讨论愈固执己见的类型。不过当天晚上，我恰好在圣保罗的论述中（我只能用他的武器与他战斗）找到了可以回答他的内容，我特意在他的房间里留下一张便条，他在上面可以读到："不吃的人不要评判吃的人，因为上帝已经收容了后者。"（《罗马书》第十四章第二节[3]）

我本可以把下面这句话抄录下来："我从我主耶稣处得知并深信，没有任何事物本身是不洁的，只有对于那些相信它不洁的人来说才是不洁的。"[4] ——但

---

1 弗朗索瓦·德·拉罗什富科（François de La Rochefoucauld, 1613 — 1680）：法国作家，著有名篇《箴言录》，指导人的日常言行。
2 语出拉罗什富科1678年出版的《箴言录》第一百零二条。
3 此处实际出处应为《新约·罗马书》第十四章第三节。
4 语出《新约·罗马书》第十四章第十四节。

我不敢，因为我担心雅克推测我对吉特吕德心存不良，这一点即使在他的头脑中一闪而过也绝不应该。显然之前那句话涉及的是食物，但《圣经》里有多少章节没有被人们赋予双重或三重意义呢？（"如果你的一只眼"[1]，面饼倍增[2]，迦拿婚宴上的神迹[3]等等）这并非吹毛求疵。该节经文的涵义广泛而深邃：约束不能由律法强加，而是由爱决定的。因此圣保罗紧接着立即呼吁道："如果你的兄弟为一口食物感到悲伤，你就没有依爱而行。"[4]正是因为爱的缺席，我们才被魔鬼攻击。主啊！从我的心中移除一切不属于爱的内容吧……因为我不该向雅克挑衅：第二天我在桌上看到了那张我之前抄录经文的便条。在纸张背面，雅克仅仅誊写了同一章中的另一段经文："不要用你的食物葬送那个耶稣为之而死的人。"（《罗马书》第十四章第十五节）

---

1 参见《新约·马可福音》第九章第四十七节："如果你的一只眼让你跌倒，就挖掉它。"
2 "四福音书"中均记录了耶稣用五块饼和两条鱼喂饱了五千人的神迹，细节略有出入。
3 参见《新约·约翰福音》第二章第一节至第十一节，讲述了耶稣在婚宴上把水变成酒的神迹。
4 语出《新约·罗马书》第十四章第十五节。

我把整章重读了一遍。这是一场无休止争论的开端。而我怎么能用这些困惑去折磨、用这些乌云去遮蔽吉特吕德明媚的天空呢？当我教导她并让她相信，唯一的罪孽是侵害别人的幸福，或者损害我们自己的幸福，难道我不是更接近耶稣，不是令她也更接近耶稣吗？

唉！有些灵魂对幸福格外抗拒，无能，笨拙……我想到我可怜的阿梅莉。我不断催促她，推动她，甚至想要强迫她走向幸福。是的，我想把每个人都托举到上帝身边。但她不断避退，像某些无法在阳光下开放的花朵般自我封闭。她看到的一切都让她不安和苦恼。

"你还想怎么样，我的朋友，"有一天她回答我说，"我又没有条件生来眼瞎。"

啊！她的讥讽让我悲痛，我需要怎样的涵养才不至于坐立不安！她本该明白，在我看来，这种对吉特吕德残疾的影射尤其能够对我造成伤害。而且，她让我感受到，我对吉特吕德最为欣赏的，正是她无限的宽和：我从未听到她对别人表达过任何抱怨。当然我也不让她知道任何可能伤害到她的事情。

正如幸福的灵魂会通过爱的辐射向身边传播幸福，

阿梅莉周围发生的一切都阴郁忧愁。阿米尔[1]曾写过他的灵魂放射黑光[2]。访贫问苦，探望病患，在奋战一天之后，我在夜色降临时归家，往往筋疲力尽，一心渴求休息、关爱、温暖，而在家中我常常只能得到忧虑、指责和争执，相比之下有无数次我宁可选择户外的寒风冷雨。我很清楚我们的老罗萨莉固执己见，但她并非永远错误，而且阿梅莉企图让她屈服时也不是一贯有理。我很清楚夏洛特和加斯帕尔吵得可怕，但如果阿梅莉在他们后面叫嚷得轻一点、次数少一点，难道不会得到更好的结果吗？那么多的叮嘱、告诫、训斥磨平了他们的棱角，好像沙滩上的卵石。孩子们因此受到的干扰远不如我本人剧烈。我很清楚小克劳德正在长牙（至少每当他开始哭闹时，他的母亲总是这么认定），但只要他一哭闹，她或者萨拉就立刻跑过去不停地宠溺，这不是在鼓励他这么做吗？我坚持认为如果当我不在家时放任不管，让他彻底哭个够，那么几次之后，他一定会闹得少些。但我也很清楚那样她们

---

[1] 亨利-弗里德里克·阿米尔（Henri-Frédéric Amiel, 1821 — 1881）：瑞士哲学家。他去世后出版的《私人日记》对纪德影响极大。
[2] 这句话并非严格的引文，而是纪德对阿米尔语句的模仿。

只会哄得更加殷勤。

萨拉像她的母亲，这让我本想把她送进寄宿学校。唉！在她这个年龄，她母亲刚刚和我订婚，但她并不像她母亲那个时候的样子，却像她母亲被物质生活的无数操劳造就出的样子，我甚至想说是生活操劳的栽培（因为毫无疑问这些操劳是阿梅莉一手培育的）。当然，今天我确实难以在阿梅莉身上认出那从前对着我心灵的每一次高贵冲动微笑的天使，我曾梦想她与我的生命不分彼此地融合为一，她曾经让我觉得她总是走在我前面，引领我走向光明——也许那时候是爱情欺骗了我？……因为我在萨拉身上发现她和她母亲一样，只关注庸俗之物，终日忙于各种无关紧要的操劳，甚至她脸上的五官也死气沉沉，好像僵化了一样，没有飞扬出任何一点内心的火焰。她对于诗歌、对于任何普遍意义上的阅读没有任何兴趣。在她和她母亲之间，我从未发觉任何能够让我乐意参与的谈话，我在她们身边比抽身回到书房后更加痛苦地感觉到自己的孤独，于是我养成习惯愈发频繁地回归书房。

我还养成了另一个习惯。自从去年秋天以来，趁着迅速降临的夜色，每次巡访工作允许，亦即当我可以早些回来的时候，我都会去M小姐家喝杯茶水。我还没有说起,自从去年十一月以来,露易丝·德·拉·M与吉特吕德一同收容了马尔丹提议托付给她的三个失明女童。这次轮到吉特吕德去教她们阅读以及如何实践各种小活计,对此这些女孩已经表现得相当熟练。

每一次走进谷仓[1]的热烈氛围,对我而言是多么安宁舒适,有时如果一连两三天不能过去,又造成我多大的损失。不用多说,M小姐直接收留了吉特吕德和三个小寄宿生,无须为供养她们感到局促或苦恼。三位女仆忠心耿耿地帮助她,免去了她的一切辛劳。不过我们能不能说财富与闲暇终于更有价值了呢?露易丝·德·拉·M一生悉心照顾穷人。这是一颗极为虔诚的灵魂,仿佛生来便是为了向这片大地奉献自己,仿佛活着就是为了爱。尽管她花边软帽框住的头发几乎已经斑白,却没有什么比她的微笑更加童真,没有什么比她的举止更加匀称,没有什么比她的嗓音更加动听。吉特吕德学会了她的风度、她的说话方式、某种语调的顿挫,不仅包括声音,还有思想,以及整个人——我常拿她们两人的相似性开玩笑,而她们中的任何一人都不乐

---

[1] M小姐私人庄园的别称。

意正视这一点。如果我有时间,就会在她们身边逗留,看她们坐在一起,吉特吕德时而把额头靠在她朋友的肩上,时而把手放在她朋友的掌中,听我朗诵拉马丁或雨果的诗句[1],让我感觉多么惬意;凝视这些诗歌在她们二人澄澈灵魂中的倒影,让我感觉多么惬意!即便是那些小学童也不是无动于衷。这些孩子,在这种和平与爱的氛围里,异乎寻常地成长并获得了引人注目的进步。当露易丝小姐说起要教她们跳舞,既为了健康也为了娱乐,一开始我只报之以微笑;但今天我无比赞赏她们做出的各种动作中充满律动的优雅,哎!可惜她们自己却无从欣赏。然而露易丝·德·拉·M却说服我相信,她们虽然无法看见这些动作,却可以通过肌肉感知它们的和谐。吉特吕德也加入这些舞蹈,带着一种优雅,一种迷人而美好的优雅,而且在其中获得了最强烈的愉悦。时而露易丝·德·拉·M会加入孩子们的游戏,吉特吕德则坐在钢琴前。她在音乐方面的进步令人惊讶;现在

---

[1] 阿尔丰斯·德·拉马丁(Alphonse de Lamartine, 1790—1869)与维克多·雨果(Victor Hugo, 1802—1885)均为法国浪漫派最具代表性的诗人。其中,拉马丁出版于1820年的诗集《诗意沉思》标志着浪漫派登上法国诗坛。雨果则著有诗集《东方集》《秋叶集》《静思集》等。拉马丁和雨果的诗歌多抒发个人化的喜怒哀乐,强调对个人感性世界的探索。

她每个星期天都会坐在教堂的管风琴前，在圣咏开始前即兴演奏几首短小的前奏曲。

每周日，她都来我们家吃午餐。我的孩子们见到她都很高兴，尽管他们的爱好越来越不同。阿梅莉没有过于表露她的神经质，一餐结束毫无障碍。之后全家人领着吉特吕德去谷仓，在那里吃点心。对我的孩子们而言这就是一个节日，露易丝宠爱他们，并且送给他们许多糖果。阿梅莉也无法对这样的盛情无动于衷，终于展露笑颜，重焕青春。我相信，她在这趟乏味的人生列车中，今后将很难放弃这一站。我相信，她在这趟乏味的人生列车中，今后将很难放弃这一站。

5月18日

现在晴好的日子又回来了,我又能够带着吉特吕德出门,我已经很久没有这么做了(因为近来又落了几场雪,道路直到前几天还处在极其糟糕的状态中),我已经很久没有和她单独相处了。

我们走得很快,强风吹红了她的面颊,不断把她的金发扬到脸上。当时我们正沿着一片湿地行走,我摘下几根开花的灯芯草,把茎干悄悄塞在她的贝雷帽下面,然后和她的头发编织在一起以作支撑。

我们几乎还没有说过话,重新单独相处让我们都有些愕然,这时吉特吕德朝我转来她没有目光的面孔,突兀地问道:

"您相信雅克还爱我吗?"

"他已经决定和你了断了。"我立刻回答道。

"但您相信吗,他知道您爱我?"她又说道。

自从去年夏天我记录过的那次谈话以来,半年多时间已经过去,在我们之间没有重提关于爱情的只言片语(对此我亦惊讶)。我说过,我们一直没有单独见面,这样更好……吉特吕德的问题让我的心脏剧烈跳动,令我不得不略微放慢步速。

"但是,吉特吕德,每个人都知道我爱你。"我高声说道。她没有上当。

"不,不,您没有回答我的问题。"

一阵沉默之后,她低着头说道:

"我的姨母阿梅莉知道这件事,而且我明白这让她难过。"

"没有这件事她也难过,"我用很不自信的语气抗议,"她难过是她性格如此。"

"啊!您总是想让我安心,"她焦躁地说道,"但我并不想要安心。我知道,有很多事,您不让我了解,害怕让我不安或对我造成痛苦。有太多事我不知道,结果有时候……"

她的声音变得越来越低;她停了下来,仿佛气息已尽。此时,我接过她的话头问道:

"有时候?……"

"结果有时候,"她悲伤地继续说道,"我受惠于您的一切幸福都让我觉得是建立在无知之上。"

"但是,吉特吕德……"

"不,让我对您说:我不想要这样的幸福。请您理解,我……我并不想要幸福。我更想知道。有很多事,肯定是很多悲伤的事,我无法看见,但您无权对我隐瞒。冬天的几个月里我想了很久。我害怕,您瞧,整个世界并不像您曾经让我相信的那么美好,牧师,甚至相差甚远。"

"确实,人类经常令尘世变丑。"我战战兢兢地推论道,因为她思想的冲击力让我畏惧,我试图扭转颓势却又对成功充满绝望。似乎她等的就是这句话,因为她立刻抓住这一点,仿佛有了这节链环整根链条都合了起来。

"就是这样,"她喊道,"我想确定自己没有往罪恶里增加什么。"

我们继续沉默地快步行走了很久。所有我原本能对她说的话都提前遭到了我脑海中她所思所想的反对,我担心引出什么决定我们二人命运的语句。这时我想起马尔丹对我说过的话——也许有办法让她重见光明,一种强烈的焦虑缚住了我的心。

"我想问您,"她终于说道,"但我不知道怎么说……"

毫无疑问,她鼓起了全部勇气,于是我也鼓起全部勇气去听。但我如何能预料到,折磨着她的问题竟然是:

"盲女的孩子出生也必定失明吗?"

我不知道这场对话究竟把她还是我压得更加难以喘息,但现在我们必须继续谈下去。

"不,吉特吕德,"我对她说,"除非极为特殊的情况,否则没有任何理由让他们也是盲人。"

她似乎如释重负。我本想反过来问她为什么对我提这个问题,但我缺乏勇气,只能笨拙地继续说道:

"不过,吉特吕德,要有孩子,先得结婚。"

"不要和我说这些,牧师。我知道这不是真的。"

"我对你说过的都是可以大大方方对你讲的话,"我反驳道,"不过人类与上帝的律法所禁止的,自然的律法却能允许。"

"您经常和我说上帝的律法就是爱的律法。"

"这里谈论的爱不再是所谓爱德[1]。"

"您是用爱德在爱我吗?"

"你很清楚不是,我的吉特吕德。"

"那么您承认我们的爱逃离了上帝的律法吗?"

"你想说什么?"

"哦!您很清楚,这不该由我来说。"

我徒劳地尝试迂回,我的论据溃不成军,我的内心也因此败退。我狂乱地高喊道:

"吉特吕德……你认为你的爱有罪吗?"

她纠正道:

"是我们的爱……我想我应该这么认为。"

"然后呢?……"

我忽然发觉自己的声音里仿佛带着某种哀求,而她一口气把话说完:

"但我不能停止爱您。"

这一切都发生在昨天。一开始我犹豫着是否要写……我甚至不知道这次散步是如何结束的。我们步

---

[1] 爱德(charité):基督教中将信德、望德、爱德称为"超性三德"。三德是信徒保护自己并与魔鬼战斗的永恒行为标准。在其中,爱德永不失败或止息,因为它始终通向永恒。

履匆忙地行走,仿佛是为了逃离,我把她的胳膊紧紧挽在身边。我的灵魂至此已然离体——让我感觉路上一块最小的碎石也会让我们两人翻倒在地。

5月19日

马尔丹今天早上又来了。吉特吕德可以手术。鲁大夫肯定了这一点,并要求把她交托给他一段时间。我无法表示反对,不过,我怯懦地请求让我考虑一下。我请求交由我负责让她慢慢适应……我的心本该因欢欣而跳动,但我却感到它压迫着我,因一种难以言喻的焦躁而沉重。一想到必须告知吉特吕德她的视力恢复有望,我就怅然若失。

5月19日夜

　　我又见到了吉特吕德，什么也没对她说。在谷仓，今晚，因为客厅空无一人，我便上了楼，径直走到她的房间。只有我们独处其中。

　　我把她长久地抱在怀里。她没有做出丝毫抗拒的动作，当她向我抬起额头，我们的双唇相遇了……

5月21日

　　主啊，你让夜色如此深沉美丽，是特意为了我们吗？是特意为了我吗？空气温润，月光从我敞开的窗间洒入，我聆听着天空无边的宁静。哦，天地万物杂糅的爱意把我的心融入一种无言的狂喜。我能做的只有狂热地祈祷。如果爱有某种限制，这种限制并非来自您，我的上帝，而是来自人。无论我的爱在别人眼中显得多么有罪，哦！请告诉我在您眼中它是神圣的。

　　我努力让自己超越罪孽的概念。但罪孽让我感觉似乎不可容忍，我也绝对不愿抛弃耶稣。不，我绝不接受爱上吉特吕德是犯罪。我无法从心中拔除这份爱，除非拔除我的心灵本身，为什么？就算我已经不爱她了，我也必会出于对她的怜悯而爱她。不再爱她，就是对她的背叛：她需要我的爱……

主啊，我再也不知道……我了解的只有您，请指引我吧。有时让我感觉自己在黑暗中沉沦，人们将为她恢复视力，而我的已经被剥夺。

吉特吕德昨天住进了洛桑的私人诊所，二十天以后才能出院。我怀着极度惶恐等待着她的归期。马尔丹会把她送回来。她要我答应在那之前不要试图去看她。

5月22日

马尔丹来信：手术成功了。感谢上帝！

5月24日

一想到必须被她看见，而直至此刻为止她一直爱着我却没有见过我——这个念头对我造成了难以忍受的困窘。她会认出我吗？生平第一次我对着镜子焦虑地端详。如果我感到她的目光不像她的心灵那样宽容与深情，我该怎么办？主啊，有时让我觉得自己需要她的爱去爱您。

5月27日

　　新增的工作让我得以度过最近这些天，而不至于过度焦躁。每件令我无暇他顾的事务都值得赞美。不过从早到晚，透过一切事物，她的形象都伴随着我。

　　明天她就要回来了。阿梅莉在这一周之间只对我展现她性格中最优良的一面，似乎一心想让我忘记那位缺席者，现在与孩子们一起准备庆祝她的回归。

5月28日

加斯帕尔和夏洛特采摘了一切他们能够在森林和牧场中找到的花朵。老罗萨莉制作了一个巨大的蛋糕,萨拉用金箔饰以我说不清的图案。我们等待她中午到来。

我用写作熬过这段等待。现在十一点。我不断抬头朝路上看去,马尔丹的汽车必定从那里驶近。我克制自己不要出去和他们相会:考虑到阿梅莉,最好还是不要单独前去迎接。我的心在向外冲……啊!他们来了!

28日夜

我沉入何其可憎的黑夜！

怜悯，主啊，怜悯我吧！我放弃对她的爱，但求您不要让她死去！

所以我之前担心得多么有道理！她做了什么？她到底想做什么？阿梅莉和萨拉对我说她们陪她一直走到了谷仓门口，M小姐在那里等她。后来她又想出门……到底发生了什么？

我尝试着理清自己的思绪。我听到的内容莫衷一是，要么不可理解，要么彼此矛盾。一切都在我的头脑里乱成一团……M小姐的园丁刚刚把不省人事的她送回谷仓。他说看见她沿河行走，之后穿过花园拱桥，接着俯下身，然后就消失了。但最开始他并没有意识到她落水了,没有像他本该做到的那样立刻赶过去。他在小船闸附近找到了她,水流把她带到了那里。当我不久之后重新看到她,她依然没有恢复意识,或者至少是又昏迷了过去。因为幸好抢救及时,她苏醒了片刻。马尔丹,感谢上帝当时他还没有离开,但他难以解释她何以陷入这样的僵直和麻木。他徒劳地询问,她似乎什么也听不见,或者已经下定决心一言不发。她的呼吸依然非常急促,马尔丹担心有肺部充血。他用了芥子泥[1]和火罐,并答应明天再来。错误在于大家一开始忙于抢救,让她在湿透的衣物中闷了太久。河水冰凉,只有 M 小姐从她那里问出了只言片语,认定她是想去采摘河边生长茂盛的勿忘我,大概还不善于估算距离,或者把浮游的花毯当成了坚实的土地,于是突然失足落水……如果我能相信就好了!说服自己这只是一场意外,我能从灵魂上移除多么可怕的重负!整顿午餐无论如何都那么欢快,其间一种怪异的微笑却一直没有离开她的面孔,当时就让我心中不安。我从未见过她这种不自然的笑容,但我竭力去相信这

---

[1] 芥子泥:一种用于疏通支气管的膏药,涂抹于病患胸口。

和她新获得的视力有关。这种笑容如泪滴般从双眼流到脸上,在她旁边,其他人庸俗的快乐都像对我的冒犯。似乎她发现了什么秘密,如果我和她单独在一起她一定会告诉我。她几乎什么也没说,不过这并不令人惊讶,因为旁边有人,又都兴高采烈,她往往会保持沉默。

主啊,我恳求您:请允许我和她谈谈。我需要知道,不然我怎么活下去呢?……然而,如果当时她真想自尽,会不会正是因为已经知道了?知道了什么?我的朋友,所以您[1]到底听说了什么可怕的事情?我到底对您隐藏了什么致命之事,而您猛然间看到了呢?

我在她床头守了两个多小时,眼睛一刻不离她的额头,她苍白的脸颊,她那在不可名状的悲愁之上重新闭合的柔弱眼睑,还有她四周铺展在枕边如海藻般依旧湿润的长发——聆听着她不规则而局促的呼吸。

---

1 此处牧师对吉特吕德的称谓再次换成了"您",表示庄重、严肃。

5月29日

今天早上,当我准备前往谷仓时,露易丝小姐正好差人来喊我。在度过一个较为平静的夜晚之后,吉特吕德终于从昏迷中苏醒过来。当我走进卧房时她对我微笑,示意我坐到她床头。我不敢询问她,她肯定也畏惧我的问题,因为她立刻开口和我说话,仿佛是为了预防一切感情流露:

"所以这种我想在河边采摘的蓝色小花,您是怎么称呼的?颜色和天空一样蓝?您比我更灵巧,您愿意采一束给我吗?我会把它放在那里,在我的床边……"

她嗓音中伪装的愉悦让我难过,她无疑也明白这一点,因为她更加严肃地补充道:

"今天早上我不能和您谈话了。我太累了。去为我采这些花吧,您愿意吗?您过会儿再来。"

一小时之后,我为她带来一束勿忘我,露易丝小姐却对我说,吉特吕德又休息了,在天黑以前不能接待我。

今晚,我又见了她。堆在她床头的几只靠垫支撑着她并几乎让她保持坐姿。现在她的头发束在一起编成辫子盘在额头上,插着我为她带回来的勿忘我。

她肯定发过烧,显得非常气虚。她用滚烫的掌心握住我伸出的手。我站在她旁边:

"我必须向您承认一件事,牧师,因为今晚我怕自己会死,"她说道,"今天上午我对您撒谎了。那不是为了采花……如果我对您说我当时想自杀,您会原谅我吗?"

我跪倒在她床边,握住她纤弱的手掌。但她把手抽出来,开始抚摸我的额头,当时我把脸埋进被子里,以此向她掩藏我的眼泪,压低我的呜咽。

"您认为这很糟吗?"她温柔地问道。接着见我一言不发,她又说:

"我的朋友,我的朋友,您看得很清楚,我在您的心灵和生活中占据了太大的位置。当我重新回到您身边,这立刻就让我感觉到了,或者说,至少我占有的位置原本属于另一个人,而且她为此感到悲伤。我的罪过在于没有更早察觉这一点,或者说至少——因为我其实早就知道了——依然放任您爱着我。但是当她的脸一出现在我面前,当我在她不幸的脸上看到那么多悲伤，我再也无法承受这样的想法，这些悲伤都是我的杰作……不，不，您不要自责。但是让我走吧，把欢乐还给她。"

她的手停止了抚摸我的前额。我抓住它，用无数的亲吻和眼泪将其覆盖。但她不耐烦地把手抽了回去，某种新的焦虑开始让她激动起来。

"我原本想说的不是这些。不，我想说的不是这些。"她重复道。我看见汗水浸湿了她的额头。接着她垂下眼皮，一时间双目保持紧闭，仿佛要让思想集中，或者重新寻回她最初的失明状态。她的嗓音一开始缓慢而忧伤，接着当她重新睁开双眼，却立刻提高嗓门，然后愈发激动直至激烈无比：

"当您给予我视力，我的双眼朝世界睁开，世界比我梦想中存在的样子更美。千真万确，我没有想到白天这么明净，空气这么耀眼，天空这么广阔。但我也没有想到人们的额头这么瘦削。当我走进您的家，您知道在我面前最先出现的是什么吗……啊！无论如何我必须告诉您：我最先看到的，是我们的错误，我们的罪孽。不，不要抗辩。您记得耶稣的那句话：'如果你们盲了，你们就没有罪孽。'但是现在，我看见了……站起来，牧师。坐在这里，坐我旁边。听我讲但不要打断我。在我住院期间,我读到了,或者说,我请人为我念了,《圣经》中那些我还不了解的段落,那些您从未念给我听过的段落。我记得圣保罗有一段话,我反复背诵了一整天:'对我而言,曾经没有律法时,我活着,但当戒律来了,罪孽重获新生,于是我就死了。'[1]"

她说话时的状态极端亢奋,声音很高,最后几个字几乎尖叫了出来,想到有人能在外头听见,我觉得很难堪。接着她闭上双眼,呢喃地重复着这最后几个字,仿佛自言自语:

"罪孽重获新生,于是我就死了。"

我浑身战栗,内心被某种恐惧冻结。我试图转移她的思路。

"谁给你念这些段落的?"我问道。

"是雅克,"她一边说一边重新睁开双眼,凝视着我,"您知道他改宗[2]了吗?"

这太过分了,我正要恳求她住口,她却已经继续说了下去:

---

1 语出《新约·罗马书》第七章第九节。
2 雅克原本信仰新教,之后改信天主教。

"我的朋友,我将给您造成许多痛苦,但我们之间不应留下任何谎言。当我看到雅克,我突然明白了,我曾经爱的不是您,是他。他完完全全拥有您的面孔。我想说是我想象中您拥有的面孔……啊!为什么您让我把他赶走?我原本可以嫁给他……"

"但是,吉特吕德,你依然可以这么做。"我绝望地大喊道。

"他已经发愿[1]了,"她激动地说道,哽咽让她全身颤抖,"啊!我想向他忏悔……"她在某种恍惚中呻吟着……"您很清楚留给我的只有死亡。我口渴。去叫个人,我请求您。我透不过气。让我一个人待着。啊!和您这样一说,我希望能轻松一些。离开我。离开彼此。我再也无法忍受看到您。"

我把她单独留下。请 M 小姐替我留在她身边。她的极端激动让我十分担心,但我必须说服自己,出现在那里只会加重她的病情。我要求一旦病情恶化立刻通知我。

---

1 发愿意味着雅克当了神父,在天主教中代表终身不娶,将自己彻底奉献给上帝。

5月30日

唉！我只应在她入睡时再去看她。今天早晨，日出时分，在一夜谵妄[1]与煎熬之后，她过世了。基于吉特吕德的最后遗愿，M小姐发电报通知了雅克，他在她死去几小时后赶到。他残忍地指责我没有及时召请一位天主教神父。但我又能怎么做呢，我还不知道吉特吕德在洛桑住院期间已经发誓弃绝[2]，这显然是被他怂恿的。他向我同时宣布他本人与吉特吕德均已改宗。这样两人便同时离开了我。似乎他们在人生中被我拆

---

1 谵妄：一种急性发作的疾病，特征主要为神志不清、情绪剧烈波动，常常伴随受迫害妄想、幻觉等。
2 发誓弃绝指公开宣布放弃原先的信仰。吉特吕德原本随牧师信新教，后在医院中随雅克信了天主教。

散,便计划从我身边逃离,然后在上帝那里重聚。但我相信在雅克的改宗行为中掺杂的理性成分要多于爱情。

"我的父亲,"他对我说,"由我来指控您并不合适,但正是您的错误榜样给我指明了道路。"

雅克离去之后,我跪倒在阿梅莉身边,请求她为我祈祷,因为我需要帮助。她只是背诵"我们的父……"[1],不过在每个小节之间留下长时间的停顿,由我们默默的哀祷填满。

我想哭[2],但我感到自己的心比沙漠更加干涩。

---

[1] 语出《主祷文》,基督教最为人所熟知的祷词,开篇为:"我们在天上的父,愿人都尊你的名为圣,愿你的国降临,愿你的旨意行在地上,如同行在天上……"

[2] 此处存在异文:"我想祈祷,但我感到自己的心比沙漠更加荒芜。"区别在于前半句中动词究竟是"祈祷"(prier)还是"哭泣"(pleurer)。法国伽利马出版社2009年"七星文库版"安德烈·纪德《小说与叙述》第二卷中使用的是"祈祷",法国学术界一般以该版本为准。但"哭泣"亦流传甚广,前人汉译及英译也多选用"哭泣"。此处读者可自主做出选择。

译后记

我被引导着：
《田园交响曲》中的叙事与现实

　　早在民国时期，安德烈·纪德的作品便得到了中国文坛的注目，尤其是《田园交响曲》，这部纪德发表于1919年的作品，1935年便由丽尼经英译本转译成中文，收入了巴金主编的《文化生活丛刊》，畅销全国。1936年，海派作家穆木天从法语直译的《牧歌交响曲》出版，及至当代，则有马振骋、李玉民等翻译名家在此一试身手。对于这部纪德的经典之作，汉语世界亦不缺少精彩的评论。1948年，著名纪德研究专家、纪德的中国友人盛澄华先生便在一篇文章中写道：

> 这场戏的精彩处正是牧师自身那种崇高的虚伪。
>
> 他欺骗着自己,以为他自己的举动才是正当的,才是上帝的意志;而殊不知人的爱欲较人自身还强,而这爱欲又极能借道德的庇护而骗过了自己的良心。人们往往能设法寻觅种种正大高尚的名义去掩饰自己的卑怯行为,因此纪德以为愈是虔诚的人,愈怕回头看自己。因此固有的道德的假面,才成为他唯一的屏障,唯一的藏身之所。这也就是所以使牧师信以为他对盲女的爱欲只是一种纯洁无瑕的慈爱。[1]

盛澄华的这段评论,点明了《田园交响曲》的主题之一:"牧师自身那种崇高的虚伪"。我们知道,在纪德的设计中,整部《田园交响曲》都是牧师书写的私人日记,牧师是整个故事的唯一叙述者。这就涉及两个问题,第一,牧师究竟讲述了一个什么故事?第二,牧师是如何讲述这个故事的?关于小说中牧师的虚伪一面,论者甚众,而论述方向则往往集中在:牧师讲述的这个故事内容本身何其虚伪,他如何不断地自我欺瞒。关于这一点,相信读者在掩卷之余,多半有所体会,我也无意在此多加赘述。我想从另一个角度对此加以论述,就是牧师讲述这个故事的方

---

[1] 盛澄华,《盛澄华谈纪德》,广西师范大学出版社,2012年版。

式本身究竟有何虚伪性。关于这一点，在文本的字里行间，留下了颇多微妙的线索，纪德对于人性的深刻把握，也在这些片言只字中充分地得到了展现。

"被引导着"与"落入我脑海"

在小说伊始，亦即整册牧师日记的开篇处，牧师便开宗明义地交代，他要趁着空闲，回顾他与盲女吉特吕德之间的故事：

> 我将利用这次强制禁闭带来的闲暇，借机回顾往昔，讲述我曾经如何被引导着去亲自照顾吉特吕德。

从这段话开始，牧师逐渐引出了他与吉特吕德之间的整个前因后果。换句话说，这段论述其实是小说实质上的"开篇"，其重要性不言而喻。正是在这段话中，我们发现了一个非常奇特的表达："被引导着"，法语原文是"je fus amené"。在法语中，这是一个被动语态，有一种被别人、被外物、被环境强拉着去做某事的意味。用这样一个表述去带出自己"亲自照顾吉特吕德"的事实，在法语中相当罕见，也极其出乎读者的意料，显得十分不同寻常。同时，这一用法在纪德笔下也不常见，以《背德者》《窄门》和《田园交响曲》为例，"je fus amené"这样的表述方式仅在此处出现过一次。换言之,这并不是纪德本人的习惯用语,而是他为牧师量身定做的言辞。所以,我们当然要问,牧师为什么会用"je fus amené"这样的表述?其中是否暗藏着某种深意呢?

答案是肯定的。这个被特意使用的被动语态,强调不是"我"主动去照顾吉特吕德,而是"我"仿佛在某种外在的命令要求下被动地一步一步开始照顾她。这个外在的命令是什么?从牧师的身份来看,我们当然可以理解成是上帝的旨意,也就是说,牧师觉得自己亲自照顾吉特吕德,一开始并非出自他的本心,而是上帝的律令,是牧师的职责。我们知道,在西方世界,牧师作为上帝旨意在人间的代行者,他们在言谈之间把自己放在一个谦卑的位置,把自己视为上帝的某种工具,因此常常使用一些类似的被动语态句式,这本身是可以理解的。

而另一方面,如果我们从潜意识的角度揣摩牧师的心态,这一被动语态的使用,其实也暗示出他极为特殊的心态:根据故事的时间发展顺序,牧师在189×年2月10日开始动笔,这一时间点恰恰处于他对吉特吕德暗生情愫却又尚不自知的阶段,直到第二册开头的4月25日他才彻底醒悟:"今天我敢于对自己心中长久未被言明的感情直呼其名,我几乎无法解释我如何能把它误认到现在"。纪德让牧师在这样一个特殊的时间段开始记录他的故事,这一设计堪称精妙,我们甚至可以推断,牧师真正的写作动机,并非大雪封山后的闲来无事,而是在大雪封山的日子里无法见到吉特吕德导致他心中思念(因为她当时已经搬去了M小姐家里),继而不自觉地用写作去回应心中的爱意。但他在理性中却不承认这种爱,故而把写作的理由归结为"闲暇",所谓"闲暇",其实不过是爱的借口罢了。

在牧师心中,潜意识的本我已经爱上了吉特吕德,而意识的超我却不断否认这种爱意,压抑这种欲望,不断以道德和理性对这种世俗不许可的爱予以修正,将其在表面上加以合理化。

正是这种内在的冲突造成了他诡异的用词方式,"je fus amené"这个表述本身,其实就是这种心理状态导致的结果,其中暗藏着这样一层意思:我的被动的,与吉特吕德的这段关系不是我主动投入的,责任不在我。这层意思,未必是牧师头脑中清晰明确的想法,更多是他的超我压制本我过程中在语言与思维层面自然形成的结果。

因此,尽管"我被引导着"这样的表述从中文角度看显得颇为拗口,却必须加以保留,如果单纯为了照顾汉语习惯而将其处理成"叙述我是怎样照顾起吉特吕德来的"或者"谈谈我收养吉特吕德的由来",就遮蔽了牧师行文中微妙的内心波动。同样的例句还有:

> 由我亲自照顾这个贫苦孤女的念头并没有立刻落入我脑海中。不过在我完成祈祷之后——更确切

地说,当我身处邻居与小女仆之间祈祷之时,她们二人都在床头跪着,我自己也跪着——这突然让我感到是上帝在我的道路上设置了某种义务,我不可能在逃避它时不显得懦弱。

这段话出现的位置同样相当关键。牧师抵达死去的穷苦老妇人家,看到了留在屋中的盲女,与女邻居略作沟通,最终决定把这个贫苦孤女带回家亲自照顾,所有的故事都由此而起。而在牧师的表述中,我们注意到,他的用词是:"Il ne me vint pas aussitôt à l'esprit……"(这个念头没有立刻落入我脑海中)。

换言之,照顾盲女的念头并不是牧师主动想出来的,而是从外面"来到、落入"他脑海里的。牧师为什么不写"一开始我并没有想到由我自己来照顾这个可怜的孤女"或者"我没有立即想到收养这个可怜的孤儿"呢?结合上文的事例,这些带有被动接收性质的表述反复出现,充分说明了牧师独特的思维惯性,他并不觉得,或者主观上并不承认,在这件事上真正的主导者是他本人,他只是听从了某种召唤,是某种念头落入了他的脑海,而非本人发自内心的决断。

与"我……被引导着"一样,在这其中,同样存在超我对本我的压制。这样的表述方式,无疑是纪德刻意为之,是他对牧师深层次心理的一种设计,这一点,需要读者高度重视，也值得从这一角度出发对牧师的心态加以揣摩和体悟。

叙事与现实

从上文的两个事例中，我们可以看到，作为整个故事的唯一叙述者，牧师在叙事过程中微妙的心态，以及由此而来对于现实的某种偏转。从这一点出发，我想笼统地谈一谈《田园交响曲》中叙事与现实的关系问题。首先需要厘清一点，那就是在这部小说中，一共存在三个层次：

第一，真实发生的现实。

第二，牧师亲历或者目睹的现实。

第三，牧师对其亲历或目睹之现实的叙述。

这三个层次，在小说中常常是不统一的。不仅牧师的叙述与他的经历之间存在偏差，因为他的叙述并不完全客观中立，总是在有意无意之间为自己进行辩护；而且他的经历与真实发生的现实之间同样存在距离，因为他有限的视角无法获知全方位的整体，包括他眼见的部分现实也同样带有他自身的理解和判断。

以雅克和吉特吕德的感情故事为例，在牧师的叙述中，他觉得雅克和吉特吕德之间的感情并不深刻，只是少男少女之间的好感而已。而他真正目睹的，其实仅仅是二人在教堂中一起弹琴的一幕。这是牧师亲眼所见的唯一实例，至于在弹琴之外，二人如何从相识发展到一起弹琴，在弹琴之外还有过哪些精神、心灵方面的交流，牧师其实一无所知，所以文本中的叙事也是一片空白。而读完全书，掩卷沉思，读者不难察觉，二人之间的感情恐怕远没有牧师所描述的那么浅淡。

又比如，吉特吕德在复明阶段与雅克重逢之后的改宗，在牧师看来：

> 这显然是被他（雅克）怂恿的。他向我同时宣布他本人与吉特吕德均已改宗。这样两人便同时离开了我。似乎他们在人生中被我拆散，便计划从我身边逃离然后在上帝那里重聚。但我相信在雅克的改宗行为中掺杂的理性成分要多于爱情。

而事实上，改宗，作为在精神信仰甚至于整个人生观、价值观方面的根本性转变，其内在动机无疑要复杂、深刻得多，绝不仅仅是为了"从牧师身边逃离"这样的外在原因而已。牧师的这一认知，完全是从他自己出发，甚至是以自我为中心的一种判断。

换句话说，牧师其实并不清楚雅克与吉特吕德之间真正的情感脉络，也不了解他们实际的所思所想，对他们价值观转变的内在动机也缺乏认识。对于读者而言，通过牧师的叙述，我们能够做到的，其实是从牧师的单一视角出发去发现一系列叙事空白,至于那个"真实发生的现实",则需要进一步展开想象去加以回填。

又比如,全书中的两个主要女性,阿梅莉与吉特吕德,这两个人物的形象也同样出自牧师的描述。因此,从牧师自己的感受出发,阿梅莉显得面目可憎,似乎被生活压垮了理想,变得市侩庸俗;而吉特吕德,则是他生命中的天使,人生的曙光,无比纯洁美好。

事实上,阿梅莉并不那么可恨,她仅仅是一个辛劳的母亲,为家中每个人的生活起居殚精竭虑,在柴米油盐面前选择了务实。牧师笔下的阿梅莉,描写的与其说是阿梅莉的平庸和不堪,不如说是他自己内心的躁动和不满。

同样,天使般纯洁的吉特吕德,也同样是牧师的一种认知,甚至于是一种一厢情愿。尤其是,作为一个盲人,似乎吉特吕德天然与世界的污浊绝缘,也更容易得到读者的同情,她在牧师笔下展现出的纯洁也就变得理所当然,似乎牧师描述的吉特吕德就是真实的吉特吕德。但是,如果我们把牧师的滤镜去掉,从一个更加中立的态度来观察这个人物,我们会发现这个女性其实颇不简单。例如牧师记录的这段对话:

"那您说……从那以后您还想过骗人吗?"

"没有,亲爱的孩子。"

"您能向我保证再也不会试图骗我吗?"

"我保证。"

"那好！请马上告诉我：我漂亮吗？"

这个突如其来的问题让我愣住了，尤其是直到那天为止我一直不愿正视吉特吕德无可否认的美。再者，我认为她被告知这一点完完全全没有用处。

面对这段对话，我们当然可以像牧师一样认为，吉特吕德是纯真的盲女，她这样问是带着童心的天真烂漫。不过，这几句话如果出自司汤达或者福楼拜笔下，由雷纳尔夫人或者爱玛·包法利说出来，那么，当这位女性问出"请马上告诉我：我漂亮吗？"的时候，读者就会很自然地想到，这是对于异性的试探甚至暗示。那么，从吉特吕德的角度出发，除了纯真地好奇自身长相之外，她问牧师自己漂不漂亮，是不是想知道自己对牧师而言是否有吸引力呢？更进一步，吉特吕德住在牧师家里，显然很清楚他和阿梅莉不睦的关系，身处其中，根本不需要"亲眼所见"，不需要等到复明手术成功之后才能"看到"，那么，当她对牧师产生爱意甚至偷尝禁果之时，究竟是怎样的心态呢？这些问题并没有定论，但值得读者去加以思考。

又比如吉特吕德复明后对牧师说的一段话：

"我的朋友，我将给您造成许多痛苦，但我们之间不应留下任何谎言。当我看到雅克，我突然明白了，我曾经爱的不是您，是他。他完完全全拥有您的面孔。我想说是我想象中您拥有的面孔……啊！为什么您让我把他赶走？我原本可以嫁给他……"

如果一直相信牧师的叙述，这段话就会显得很难理解。"我曾经爱的不是您，是他。他完完全全拥有您的面孔。我想说是我想象中您拥有的面孔。"这句话的出现，显得十分突兀甚至难以理解，之所以难以理解，恰恰是因为牧师之前对吉特吕德的描述都带着他本人的一厢情愿，他相信吉特吕德爱他，而且只爱他一人，所以忽略、遮蔽、掩盖了一些他自己不愿正视的内容。

而吉特吕德的这句自白至少能够让我们明白，她对于牧师的感情以及她对于雅克的感情，和牧师本人的设想颇为不同。吉特吕德真正的情感状态，在文本中其实留有空白，需要我们跳出牧师的叙事去进行重构。人性的复杂，也正是在这些留白之间充分地凸显了出来。

在纪德构思小说之初，曾经给这部作品草拟过好几个标题，比如《盲女》《盲女日记》《年轻的盲女》。从这一系列标题便可以看出，纪德最初的重中之重是盲女吉特吕德。这一点在作品中也留下了痕迹，比如文中提到的狄更斯的《炉边蟋蟀》，以及一系列与盲人教育有关的片段，都是纪德在创作阶段进行的知识储备。

而随着《田园交响曲》的最终定稿，我们不难发现，牧师的分量在作品中愈发突出。他既是故事的参与者、记录者，也是立场不太中立的旁观者，是不彻底的自我剖析者。这一系列身份的交织，使得读者在阅读《田园交响曲》的过程中，一边在观看牧师与吉特吕德的故事，一边也在观看牧师自己如何讲述这个故事。而这个故事，偏偏完全建立在牧师的叙述之上，不断受到牧师叙述的突出或压缩、美化或丑化。

所以，文本中的吉特吕德，一方面是一个真实存在的盲女，另一方面则是牧师眼中的形象，是牧师个人理想的外化和投射。吉特吕德的纯真，也透露出牧师内心的纯真。如果只用"虚伪"二字对牧师盖棺定论，其实是不完整、不全面的。牧师有虚伪的一面，这一点从他讲述故事的方式中便可一目了然，但与此同时，他也拥有美好的理想和纯真的感情诉求，这种近乎于矛盾的复杂人性，正是纪德作品的高超之处。

真实发生的现实，牧师亲历或目击的部分现实，牧师对这部分现实带有个人角度或目的的叙述，以及最终读者通过这一叙事所了解到的故事，在这四者之间，交织出一个看似简单实则复杂的文本。在读者最终看到的故事与几位人物真实发生的现实经历之间，其实隔着好几重变形和偏移。

所以，面对这部作品中的任何一个描述，任何一种判断，读者都需要思考，在这种描述和判断中，究竟蕴含着牧师这个书写者怎样的动机、目的和心态？除了牧师记录下来的部分，还有多少是他没有看见、不曾了解甚至刻意回避的内容？而他片面的认知，又在多大程度上左右了他的叙述？当我们开始思考这些问题时，牧师的形象就会变得更加立体，作品的容量也会迅速得到扩充。

因此，面对《田园交响曲》这样一部三万多字的短小作品，我们不仅要关注牧师在他的日记中写了什么，还要重点思考，他为什么这么写，以及他没写什么，为什么不写。牧师在叙事中留下的文本空隙，甚至有可能衍生出一个和他的叙述大相径庭的故事，一部隐藏在"明文"背后的"暗文"，而这同样是《田园交响曲》不可分割的一部分。

对于这样一个文本，可以谈论的话题还有很多，比如文本中涉及的宗教问题，比如作品与纪德人生的关系问题，比如《田园交响曲》与纪德其他作品的关联性问题等等。这些问题都值得专门进行探讨，不过若要对它们加以回答，则需要引入大量其他文献作为参照和支撑，难免会与作品本身拉开距离。又比如，作为一篇导读，一般来说应该谈谈小说的文意，把其中涉及的主题加以提炼并阐释一番。例如文本中"罪孽""眼盲"等概念，都值得进行细致的剖析。但在我看来，这些内容恰恰需要读者自己去体悟，这些纪德借由牧师之口提出的话题，催促着读者以自身的性灵和经验为依托去加以追问与反思。同理，对于牧师、雅克、阿梅莉、吉特吕德这些人物的价值判断，也需要由读者自己去完成。无论读者最终持何种观点，都需要发现并重视牧师的叙事策略以及文本中留下的空白，这一点，是一切理解不可或缺的基础。因此，在这篇译后记中，我能做或者想做的，其实是梳理《田园交响曲》本身，向读者呈现如何把它当作一部"文学"作品去加以阅读。简而言之，就是给出《田园交响曲》的阅读方法，而非具体的感悟或者"答案"。

在我看来，关键在于两点：第一，充分地代入牧师的身份，不仅是去体验一个故事，而且要沉浸到牧师的字里行间，从"我……被引导着""落入我脑海"等等表述中揣摩牧师内心深处的心理动态；第二，勇敢地跳出牧师的叙述，去发现叙事中的空白，大胆地展开想象，对叙事中缺失的情节和逻辑进行填补。做到这两点，便能真正体会到，纪德作为一代文豪，他对叙事技巧举重若轻的绝妙运用，以及他对复杂人性入木三分的深刻洞察。

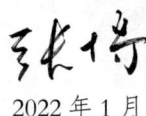

2022 年 1 月

纪德肖像，法国画家路易·若绘于1927年

安德烈·纪德年表

1869.11.22 — 1951.02.19

幼年纪德，摄于 1874 年

阿尔萨斯学院：位于巴黎的一所著名世俗化私立学校，建立于 1874 年，涵盖小学与初中教育。

1869 年 | 出生

11 月 22 日，安德烈·纪德诞生于巴黎美第奇街 19 号。他是家中独子。父亲保罗·纪德是巴黎大学法学院罗马法教授，来自法国南部小城于泽斯；母亲朱丽叶·隆多出生于北部鲁昂的工业巨头家族。

纪德幼年时代经常去他母亲位于诺曼底拉罗克的庄园以及舅舅亨利·隆多位于库沃维尔的宅邸中消夏。前者成为了《背德者》中"莫里尼埃尔"的原型，后者则是《窄门》中"封格斯玛尔"的来源。

除此之外，纪德也经常去祖母位于于泽斯的家中短住，法国南部的风光，尤其是南北之间的强烈对比给他留下了深刻印象。

1876 年 | 7 岁

纪德开始跟随格克林小姐学习钢琴。

1877 年 | 8 岁

纪德进入阿尔萨斯学院，插班三年级，数周后因"不良习惯"被学校开除。

1878年 | 9岁

在母亲的哀求与医生的威胁之下,"不良习惯"暂时得到"治愈",纪德重新进入阿尔萨斯学院,复读三年级。

1880年 | 11岁

10月28日,纪德的父亲突然去世,享年48岁。

11月,纪德退学,前往鲁昂,在舅舅埃米尔·隆多家暂住,与表姐玛德莱娜交好。此后,在很长一段时间内,纪德由于健康原因,没有接受正常的学校教育,以家教私人授课为主。

Madeleine Gide
玛德莱娜·纪德
1867 — 1938

纪德的表姐,后来的妻子。

1881年 | 12岁

纪德陪母亲前往蒙彼利埃,短暂入学初中一年级,遭到同学霸凌,为了逃避上学开始装病。

1882年 | 13岁

纪德先后在法国各地进行了一系列治疗。

10月,纪德进入阿尔萨斯学院初中二年级,月底由于头痛再次退学。

11月,纪德在鲁昂发现舅妈马蒂尔德·隆多出轨,见证了表姐玛德莱娜的悲痛情绪,意识到自己对玛德莱娜的爱意。这一插曲后来被他写进了《窄门》。

Anton Grigoryevich Rubinstein
安东·格里高利耶夫·鲁宾斯坦
1829 — 1894

俄国钢琴家、指挥家。1883年，纪德现场聆听了鲁宾斯坦的三场音乐会，给他留下了极深刻的印象。

1883 年 | 14 岁

年初，纪德与母亲以及母亲的教廷教师兼好友安娜·夏克勒顿一同前往蔚蓝海岸度假。

7月，现场观看了安东·鲁宾斯坦¹的音乐会。

1884 年 | 15 岁

5月14日，安娜·夏克勒顿去世。安娜的孤独逝世令纪德深受触动，《窄门》结尾阿丽莎之死的灵感便来源于此。在构思《窄门》之初，纪德曾设想："我从安娜之死获得灵感，打算写一个故事，题目大概可叫《论安然死去》，后来则成了《窄门》。"

1885 年 | 16 岁

6月1日，纪德参加了维克多·雨果棺椁送入先贤祠的隆重典礼。

同年，母亲终于准许纪德进入他父亲曾经的书房，随意浏览其中的著作。在这段时间，纪德在与玛德莱娜的通信中大量交流宗教问题，内心充满虔诚，反复研读《圣经》，向往禁欲主义，与宗教人士交往，显示出神秘主义倾向。

1887 年 | 18 岁

纪德重新进入阿尔萨斯学院修辞班，与同学皮埃尔·路伊斯²成为好友。

Pierre Louÿs
皮埃尔·路伊斯
1870 — 1925

法国作家，原名皮埃尔·路易，纪德的中学同学和好友。创作过许多情色文学作品，在《窄门》中的阿贝尔·沃蒂埃身上可以看到皮埃尔·路伊斯的影子。

青年纪德,由阿尔贝·德马雷摄于 1889 年

1888 年 | 19 岁

7 月,第一次高考失败。

11 月,进入亨利四师中学哲学班,结识莱昂·布鲁姆。

1889 年 | 20 岁

2 月 15 日,人生中第一次在杂志上发表作品《六行诗:雨的颜色》。

7 月,第二次高考通过,独自前往布列塔尼旅行并开始为《安德烈·瓦尔特记》做准备。

同年秋季,纪德频繁出入各种文学沙龙,决定终止学业,投身写作。

André Léon Blum
安德烈·莱昂·布鲁姆
1872 — 1950

法国政治家、作家、文学评论家,曾三度出任法国总理。西班牙内战期间,纪德曾对布鲁姆领导的法国政府表示抗议。

1
Paul Verlaine
保罗·魏尔伦
1844 — 1896

法国著名诗人。1942年纪德发表长文《与魏尔伦的三次见面》。

2
Paul Valéry
保罗·瓦莱里
1871 — 1945

法国著名诗人,纪德的好友。

3
Stéphane Mallarmé
斯特凡·马拉美
1842 — 1898

法国著名诗人,每周二晚上在位于罗马街的家中组织诗歌沙龙,那是当时巴黎最知名的诗歌沙龙之一。

4
Maurice Maeterlinck
莫里斯·梅特林克
1862 — 1949

比利时象征派诗人。

5
Oscar Wilde
奥斯卡·王尔德
1854 — 1900

英国唯美主义作家,纪德的好友。

1890年 | 21岁

1月8日,在皮埃尔·路伊斯陪同下,前往布鲁塞医院探望保罗·魏尔伦[1]。

3月1日,玛德莱娜的父亲去世,纪德与玛德莱娜共同守灵,纪德下定决心与表姐结婚。

12月,《安德烈·瓦尔特手记》在佩兰出版社自费出版。

前往蒙彼利埃看望叔叔夏尔·纪德,在当地结识保罗·瓦莱里[2]。

1891年 | 22岁

1月8日,玛德莱娜收到《安德烈·瓦尔特手记》的第一本样书,但拒绝了纪德的求婚。

2月,纪德被介绍给斯特凡·马拉美[3],从此纪德成为马拉美罗马街星期二沙龙上的常客,并认识了一大批象征派诗人。

7月,纪德前往比利时游历,结识了比利时诗人梅特林克[4],写下《论那喀索斯》与《安德烈·瓦尔特诗篇》。

11月29日,在巴黎与奥斯卡·王尔德[5]相识,二人来往密切。王尔德展示了不同于禁欲主义的另一种生活态度,令纪德为之心醉。

1892年 | 23岁

1月1日,《论那喀索斯》发表。

3月至5月间前往慕尼黑短住,阅读莱辛及歌德的作品。

8月,在亨利·德·雷尼埃[1]陪同下漫游布列塔尼,之后回到拉罗克,开始撰写《乌里安之旅》,年底完成。求婚再次遭到玛德莱娜拒绝。

11月15日至22日,前往南锡服兵役,由于健康原因迅速退伍。

1893年 | 24岁

请求画家莫里斯·德尼[2]为《乌里安之旅》绘制作品插图。5月,《乌里安之旅》出版。秋季发表《爱的尝试》。

8月,与母亲一起前往塞维利亚过圣周。

10月18日,在画家保罗·阿尔贝·洛朗[3]陪同下从马赛出发前往突尼斯。在苏塞感染结核病,之后前往比斯克拉过冬,与阿特曼、梅丽安发生恋情。

---

[1] Henri de Régnier
亨利·德·雷尼埃
1864 — 1936

法国诗人。

[2] Maurice Denis
莫里斯·德尼
1870 — 1943

法国画家。

[3] Paul Albert Laurens
保罗·阿尔贝·洛朗
1870 — 1934

法国画家。纪德在阿尔萨斯学院的同学。

《乌里安之旅》1893年初版插图

王尔德与道格拉斯，摄于1893年

Alfred Douglas
阿尔弗雷德·道格拉斯
1870 — 1945

王尔德的男友，1895年其父指控王尔德有伤风化，最终导致王尔德入狱。

Gabriele d'Annunzio
加布里埃尔·邓南遮
1863 — 1938

意大利诗人。

1894 年 | 25 岁

2 月 7 日，纪德的母亲前往比斯克拉与纪德会合，终结了他与梅丽安的关系。纪德与洛朗从突尼斯经马耳他、意大利回国，开始构思《人间食粮》及《帕吕德》。

5 月 23 日，抵达佛罗伦萨，与王尔德重逢。

6 月 26 日，抵达日内瓦，之后在瑞士暂住。10 月至 12 月，旅居拉布莱维纳，即《田园交响曲》的故事发生地。

1895 年 | 26 岁

1 月 22 日，纪德抵达阿尔及尔，在布里达遇到了王尔德和阿尔弗雷德·道格拉斯。同月，在阿尔及利亚投入《人间食粮》的创作，4 月中旬返法，5 月《帕吕德》发表。

5 月 31 日，母亲朱丽叶去世，纪德继承了拉罗克的庄园。

6 月 17 日，与表姐玛德莱娜订婚。

10 月 8 日，与玛德莱娜结婚，开始蜜月旅行，途经瑞士和意大利。12 月，在佛罗伦萨结识邓南遮。这一旅行路线在《背德者》中得到了重现。

1896 年 | 27 岁

3 月，纪德夫妇抵达突尼斯，后前往比斯克拉，4 月返法。

5 月 17 日，纪德当选为拉罗克镇长。

NOURRITURES !

Je m'attends à vous, nourritures !
Ma faim ne se posera pas à mi-route ;
Elle ne se taira que satisfaite ;
Des morales n'en sauraient venir à bout
Et de privations je n'ai jamais pu nourrir que
on âme.

Satisfactions ! je vous cherche.
Vous êtes belles comme les aurores d'été.

1897 年 | 28 岁

3 月，纪德夫妇在巴黎哈斯帕耶大道定居，纪德开始与《僻地》杂志合作。

5 月，《人间食粮》出版，与弗朗西斯·雅姆[1]发生论战，发表《关于文学与道德的几点想法》。

6 月，纪德前往贝内瓦尔看望刚出狱的王尔德。

7 月，与亨利·盖翁[2]发生恋情。

12 月，纪德夫妇再次出发前往瑞士旅行。

1898 年 | 29 岁

纪德夫妇抵达意大利，纪德开始系统阅读尼采与陀思妥耶夫斯基的作品。

5 月中旬，经德国返回巴黎。关于《梵蒂冈地窖》最早的笔记大致可以追溯至这一年。

1899 年 | 30 岁

3 月，纪德夫妇重返北非。

4 月底，回到巴黎。与保罗·克洛岱尔[3]开始通信。

[1]
Francis Jammes
弗朗西斯·雅姆
1868 — 1938

法国诗人。

[2]
Henri Ghéon
亨利·盖翁
1875 — 1944

法国作家。12 岁便与纪德相识，纪德同性恋方面的同路人，《背德者》的题献对象。

盖翁与纪德，摄于 1914 年

[3]
Paul Claudel
保罗·克洛岱尔
1868 — 1955

法国作家。当时担任法国驻中国（清朝）的外交官。

1
Émile Verhaeren
埃米尔·维尔哈伦
1855 — 1916

比利时诗人。

2
Jacques Copeau
雅克·科波
1879 — 1949

法国著名戏剧导演，老鸽棚剧院的创建者，法国戏剧舞台艺术的革新者。与纪德等友人共同创刊《新法兰西杂志》。

3
Karl Vollmöller
卡尔·沃尔莫勒
1878 — 1948

德国作家。

4
Felix Paul Greve
菲利克斯·保罗·格莱夫
1879 — 1948

德裔加拿大作家。

1900 年 | 31 岁

3 月 20 日，在布鲁塞尔进行了题为"论文学之影响"的演讲。与雅姆、维尔哈伦[1]见面。夏季，出售位于拉罗克的地产，开始撰写《背德者》。

10 月至 11 月，再次漫游阿尔及利亚。

1901 年 | 32 岁

1 月底，经西西里岛穿越意大利回到法国。

4 月，《冈道尔王》出版。专注于《背德者》的写作。

1902 年 | 33 岁

5 月，《背德者》出版。

年底与雅克·科波[2]开始通信。

1903 年 | 34 岁

7 月，《扫罗》出版。

8 月，在德国魏玛进行了题为"论公众之重要性"的演讲。

11 月至 12 月，纪德夫妇重游阿尔及利亚。

1904 年 | 35 岁

1 月，返法，在索伦托结识德国作家卡尔·沃尔莫勒[3]，并经由后者介绍在巴黎结识德裔加拿大作家菲利克斯·保罗·格莱夫[4]。

3 月，在布鲁塞尔进行了题为"论戏剧之演变"的演讲。

1905 年 | 36 岁

6 月，开始撰写《窄路》(即后来的《窄门》)，全年系统阅读克洛岱尔、司汤达、兰波及洛特雷阿蒙。

1906 年 | 37 岁

1 月 27 日，前往维也纳现场观看《冈道尔王》的演出。

1908 年 | 39 岁

深入阅读陀思妥耶夫斯基，发表《从书信角度看陀思妥耶夫斯基》。

9 月，为科波朗诵《窄门》，并于当年 10 月 15 日修改完毕。

11 月，与众多友人合作创办《新法兰西杂志》，发行内部试刊号。与里尔克见面。

1909 年 | 40 岁

2 月 1 日，《新法兰西杂志》正式发行第一期，并开始连载《窄门》，纪德出任杂志主编直至 1914 年。

4 月，旅居罗马，动笔撰写《梵蒂冈地窖》。

6 月，《窄门》正式出版。

1910 年 | 41 岁

2 月，出版《奥斯卡·王尔德》。

5 月，开始构思《盲女日记》(即后来的《田园交响曲》)。

Rainer Maria Rilke
莱纳·玛利亚·里尔克
1875 — 1926

奥地利著名诗人。

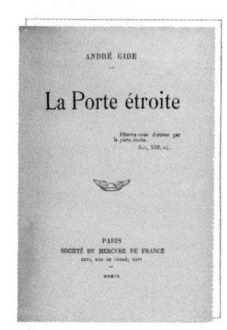

《窄门》1935 年版扉页

1911年 | 42岁

6月,在加斯通·伽利马[1]的支持下,新法兰西杂志出版社成立。

7月,在伦敦结识约瑟夫·康拉德[2]。

1912年 | 43岁

3月,在佛罗伦萨继续创作《梵蒂冈地窖》。5月,为科波朗诵该作品。

年底,读完普鲁斯特[3]的《在斯万家这边》,认为内容附庸风雅,拒绝在《新法兰西杂志》上刊载。

12月,在英国短住,与亨利·詹姆斯[4]见面。

1913年 | 44岁

4月,纪德在《新法兰西杂志》上列举了个人最喜爱的十部法国小说。

7月,力主《新法兰西杂志》接受罗杰·马丁·杜加尔[5]的小说《让·巴洛瓦》。11月,与杜加尔结识,成为一生挚友。

同年,科波创建老鸽棚剧院,开始在舞台上提倡全新的戏剧艺术理念。

---

[1] Gaston Gallimard
加斯通·伽利马
1881 — 1975

法国著名图书出版人。

[2] Joseph Conrad
约瑟夫·康拉德
1857 — 1924

波兰裔英国作家。

[3] Marcel Proust
马塞尔·普鲁斯特
1871 — 1922

法国作家。

[4] Henry James
亨利·詹姆斯
1843 — 1916

美国作家。

[5] Roger Martin du Gard
罗杰·马丁·杜加尔
1881 — 1958

法国作家。1937年诺贝尔文学奖得主。

1914 年 | 45 岁

纪德给普鲁斯特写信，承认自己之前看走了眼，拒绝《在斯万家这边》是他人生中最大的错误。

《梵蒂冈地窖》出版，因小说内容与克洛岱尔决裂。从英文转译泰戈尔的《吉檀迦利》，成为该诗集的首个法语译本，发表于《新法兰西杂志》。

8月，第一次世界大战爆发，《新法兰西杂志》停刊，文学创作基本中断。在战争期间，纪德开始思考法德文化之间的互补性，展望欧洲文化一体化，并在战后为此积极呼吁奔走。

1916 年 | 47 岁

纪德产生精神危机，一度考虑皈依天主教。他当时感到，做一名异教徒可以让他安于享乐，而宗教则可以赋予他与罪孽作战的武器。他在二者之间摇摆不定，最终出于对教条的反感没有选择改宗天主教。在自我反思期间，开始撰写自传体作品《如果种子不死》。

6月，玛德莱娜误拆了一封盖翁寄给纪德的信，发现了纪德性取向的内情。

1917 年 | 48 岁

2月，完成康拉德《飓风》的法译本。与马克·阿莱格雷发生恋情，8月与其同游瑞士。

阿莱格雷与纪德，摄于1920年

Marc Allégret
马克·阿莱格雷
1900 — 1973

法国导演，与纪德共同拍摄过《刚果之行》(1927)、《与安德烈·纪德在一起》(1952)。

1
Maria Van Rysselberghe
玛利亚·范·里赛尔贝格
1866 — 1959

比利时女作家。泰奥·范·里赛尔贝格的妻子，伊丽莎白·范·里赛尔贝格的母亲。与纪德交往密切，被纪德在日记中称为"小夫人"。

2
Jacques Rivière
雅克·里维埃尔
1886 — 1925

法国作家。

《田园交响曲》
1919 年初版扉页

1918 年 | 49 岁

2 月，开始修改《盲女》(即后来的《田园交响曲》)。

5 月，给玛德莱娜留了一封信，表示自己已经无法与她继续生活下去，然后在阿莱格雷陪同下前往英国游历。

11 月，完成《田园交响曲》。同期，得知玛德莱娜撕毁了二人之间长达三十年的所有信件。

同年，纪德的密友、比利时女作家玛利亚·范·里赛尔贝格¹开始编写《小妇人手记》，系统记录纪德的私人生活，成为理解纪德人生的重要文本。

1919 年 | 50 岁

10 月，《田园交响曲》发表。

同年，《新法兰西杂志》复刊，主编换成了雅克·里维埃尔²。新法兰西杂志出版社更名为伽利马出版社。

1921 年 | 52 岁

4 月，研读弗洛伊德。

5 月，拜访普鲁斯特。

1922 年 | 53 岁

2 月至 3 月，在老鸽棚剧院进行了关于陀思妥耶夫斯基的系列演讲。

6 月 16 日，《扫罗》在老鸽棚剧院首演，雅克·科波编导。

8 月，与里赛尔贝格一家前往蔚蓝海岸度假。

1923 年 | 54 岁

1 月，与伊丽莎白·范·里赛尔贝格前往意大利旅游。

3 月，与友人游历摩洛哥。

4 月 18 日，纪德与伊丽莎白的私生女卡特琳娜·范·里赛尔贝格出生，纪德一直秘而不宣，一直等到玛德莱娜 1938 年去世之后才正式认养，改名卡特琳娜·纪德。

6 月，《陀思妥耶夫斯基》出版。下半年专注于《伪币制造者》的写作。

纪德与女儿卡特琳娜，摄于 1940 年

1924 年 | 55 岁

《如果种子不死》全三册分别于 1920 年、1921 年、1924 年出版。

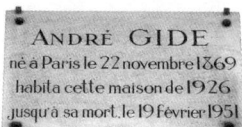

纪德位于巴黎的故居门牌

Walter Benjamin
瓦尔特·本雅明
1892 — 1940
德国批评家。

André Malraux
安德烈·马尔罗
1901 — 1976
法国作家。

1925 年 | 56 岁

7 月，与马克·阿莱格雷离开巴黎，前往刚果和乍得旅行。

1926 年 | 57 岁

2 月，《伪币制造者》出版。

8 月，纪德将写作《伪币制造者》过程中的创作日记汇总为《伪币制造者日记》一书发表。

11 月，纪德开始在《新法兰西杂志》上连载他的刚果与乍得旅行日记。

1927 年 | 58 岁

6 月，《刚果之旅》出版，激烈抨击殖民制度，在媒体与议会中引起重大争议。10 月 15 日，纪德发表长文《赤道非洲的困境》。

1928 年 | 59 岁

2 月，在柏林与瓦尔特·本雅明[1]见面。

3 月，《回到乍得》出版。

1930 年 | 61 岁

3 月，《新法兰西杂志》发表新版《安德烈·瓦尔特手记》序言和《人间食粮》德译本序言。

11 月，游历突尼斯。

1931 年 | 62 岁

2 月，《俄狄浦斯》出版。在马尔罗[2]的推动下，开始编纂《作品全集》。

5月，为圣艾克絮佩里[1]的《夜航》撰写序言。

10月，开始与皮托耶夫[2]筹备《俄狄浦斯》的舞台演出。

1932年 | 63岁

5月，前往达姆施塔特观看《俄狄浦斯》以及《浪子回头》的演出。

1933年 | 64岁

2月，前往威斯巴登，与斯特拉文斯基[3]合作《帕耳塞福涅》，纪德提供脚本，斯特拉文斯基配乐，科波导演。

6月，前往洛桑与当地学生一起将《梵蒂冈地窖》改编成戏剧。

1934年 | 65岁

1月，与马尔罗奔赴柏林，呼吁第三帝国政府释放国会大厦纵火案被捕的德国共产党员。

2月，在锡拉库萨小住，阅读卡夫卡的《审判》。

4月30日，《帕耳塞福涅》在巴黎歌剧院首演，5月文本出版。

8月，加入反法西斯作家同盟警惕委员会。

1
Antoine de Saint-Exupéry
安托万·德·圣艾克絮佩里
1900 — 1944
法国作家。

2
Georges Pitoëff
乔治·皮托耶夫
1884 — 1939
法国导演。

3
Igor Fiodorovitch Stravinsky
伊戈尔·费奥多罗维奇·斯特拉文斯基
1882 — 1971
美国作曲家，原籍俄国。

马尔罗（左一）与纪德
摄于二十世纪三十年代

1
Boris Leonidovich Pasternak
鲍里斯·列昂尼多维奇·帕斯捷尔纳克
1890 — 1960

苏联作家。

2
Nikolai Alexeevich Ostrovsky
尼古拉·阿列克谢耶维奇·奥斯特洛夫斯基
1904 — 1936

苏联作家。

1935年 | 66岁

6月，邀请帕斯捷尔纳克¹等作家参加国际保卫文化大会。

6月21日，主持第一节国际保卫文化大会并致开幕词。

11月，《新粮》出版。

《新粮》1935年初版扉页签名

1936年 | 67岁

2月，游历塞内加尔。

6月至8月，受苏联政府邀请访苏。6月20日，在莫斯科红场高尔基葬礼上发言。

8月，在索契面会奥斯特洛夫斯基²。

11月，《访苏归来》发表。

12月，西班牙内战爆发，对法国政府的不干预政策表示抗议。

纪德访苏，摄于1936年

1938 年 | 69 岁

4 月 17 日,玛德莱娜去世。

8 月,开始撰写《她留在你心里》。

1939 年 | 70 岁

1 月,前往埃及,完成《她留在你心里》。

4 月,从埃及前往希腊。《作品全集》全十五卷出版完毕。

6 月,前往西班牙马拉加,拜访弗朗索瓦·莫里亚克[1]。

François Mauriac
弗朗索瓦·莫里亚克
1885 — 1970

法国作家。

1940 年 | 71 岁

6 月,在法国遭到德国入侵后,开始支持戴高乐的自由法国运动。

1941 年 | 72 岁

3 月 30 日,由于主编德里厄·拉罗歇尔[2]的投降倾向,与《新法兰西杂志》决裂。

5 月 21 日,尼斯抵抗者联盟组织纪德进行关于亨利·米肖[3]的讲座。

7 月,发表《发现亨利·米肖》。

Pierre Drieu La Rochelle
皮埃尔·德里厄·拉罗歇尔
1893 — 1945

法国作家,在法国沦陷期间采取了与纳粹合作的态度,1945 年自杀。

Henri Michaux
亨利·米肖
1899 — 1984

法国诗人、画家,生于比利时。

《哈姆雷特》法译本
1946 年版书封

Jean Delannoy
让·德兰努瓦
1908 — 2008

法国电影导演。

1942 年 | 73 岁

5 月,动身前往突尼斯。

8 月,完成莎士比亚《哈姆雷特》的法译本。

同年,《人间食粮》与《新粮》首次出版合订本。

1943 年 | 74 岁

《虚构的访谈》出版。

5 月,前往阿尔及利亚。6 月 25 日,在阿尔及尔与戴高乐共进晚餐,激发了写作《忒修斯》的灵感。

1946 年 | 77 岁

1 月,《忒修斯》在纽约出版。

4 月 12 日,在贝鲁特进行"文学记忆与当前问题"的演讲。

9 月,让·德兰努瓦执导的电影《田园交响曲》上映,纪德参与首映式。

10 月,《归来》出版。

1946 年《田园交响曲》电影剧照

1947年 | 78岁

4月,《她留在你心里》出版。

6月,被授予牛津大学荣誉博士学位。

10月,由纪德改编的卡夫卡《审判》在巴黎马里尼剧院上演。

11月13日,获得诺贝尔文学奖,但并未出席颁奖典礼,仅仅给瑞典皇家科学院寄了一封感谢信,在信中对好友瓦莱里未能在生前获得这一奖项表示遗憾。

纪德在牛津大学,摄于1947年

1948年 | 79岁

1月,《安德烈·纪德—弗朗西斯·雅姆通信集》出版。

7月,《梵蒂冈地窖》三幕剧脚本出版。

1949年 | 80岁

1月至4月,与让·阿莫鲁什录制《纪德谈话录》,在法国广播电台播放。

6月12日,日记停止。

7月,在阿维尼翁戏剧节上观看《俄狄浦斯》的演出。由纪德亲自编订的《法兰西诗歌选》出版。

11月,《安德烈·纪德—保罗·克洛岱尔通信集》出版。

Jean Amrouche
让·阿莫鲁什
1906 — 1962

法国作家,主持过与一系列著名作家的访谈节目。

《纪德谈话录》专辑封面

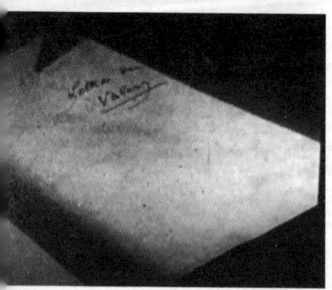

1950年纪录片《与安德烈·纪德在一起》剧照

1950年 | 81岁

马克·阿莱格雷完成纪录片《与安德烈·纪德在一起》。

6月,在那不勒斯发表演讲,谈论对意大利的印象。

7月,开始写作其人生中最后一部作品《但愿如此或大局已定》。

10月,《梵蒂冈地窖》在法兰西喜剧院上演。

1951年 | 82岁

2月19日,纪德在巴黎家中逝世,享年82岁。2月22日,根据玛德莱娜·纪德亲属的要求,在库沃维尔举行了宗教葬礼,安葬于玛德莱娜的墓地旁边。

1952年

1月,《但愿如此或大局已定》出版。

同年,纪德的全部作品均被梵蒂冈列为禁书。

Croyez ceux qui cherchent la vérité, doutez de ceux qui la trouvent.

去相信正在寻找真理的人,去怀疑已经寻获真理的人。

——《但愿如此或大局已定》

译者 | 张博

　　法语译者,学者,法国国际文学批评家协会(L'AICL)会员。

　　2009 年本科毕业于南京大学文学院,2010 年赴巴黎索邦(第四)大学文学院深造,2012 年获硕士学位,2019 年获博士学位。

　　研究领域主要是法国十九、二十世纪诗学专题研究,以及中法文学接受比较研究。

译著

2018　《愤怒与神秘:勒内·夏尔诗选》

2022　《背德者》

　　　《窄门》

　　　《田园交响曲》

作家榜®经典名著

读经典名著,认准作家榜

作家榜,创立于2006年的知名文化品牌,致力于促进全民阅读,推广全球经典,连续13年发布作家富豪榜系列榜单,引发全球媒体关注华语作家,努力打造"中国文化界奥斯卡"。

旗下图书品牌"作家榜经典名著"系列,精选经典中的经典,凭借好译本、优品质、高颜值的精品经典图书,成为全网常年热销的国民阅读品牌,在新一代读者中享有盛誉。

经典就读作家榜　经典就读作家榜　经典就读作家榜　经典就读作家榜
京东官方旗舰店　当当官方旗舰店　天猫官方旗舰店　拼多多旗舰店

| 策 划 | 作家榜 |
| 出 品 | |

出 品 人	吴怀尧
总 编 辑	周公度
产品经理	朱坤荣
美术编辑	刘　洋
封面绘图	［俄］Marie Muravski
封面制作	王贝贝
内文插图	［俄］Dudnikova Eugeniya
产品监制	陈　俊
特约印制	朱　毓

| 版权所有 | 大星文化 |
| 官方电话 | 021-60839180 |

作家榜抖音号
每周直播荐好书

作家榜官方微博
经典好书免费送

百态人生
尽在故事会

图书在版编目（CIP）数据

田园交响曲／（法）安德烈·纪德著；张博译. -- 杭州：浙江文艺出版社，2022.2
（作家榜经典名著）
ISBN 978-7-5339-6323-1

Ⅰ.①田… Ⅱ.①安…②张… Ⅲ.①中篇小说—法国—现代 Ⅳ.①I565.45

中国版本图书馆CIP数据核字（2021）第243033号

责任编辑：罗艺

作家榜®经典名著
读经典名著，认准作家榜

田园交响曲

［法］安德烈·纪德 著　张　博 译

全案策划
大星（上海）文化传媒有限公司

出版发行
浙江文艺出版社
杭州市体育场路347号　邮编 310006
浙江省新华书店集团有限公司 经销
上海盛通时代印刷有限公司 印刷

2022年2月第1版　2022年2月第1次印刷
889毫米×1194毫米　32开本　5.5印张
印数：1—10000　字数：89千字
书号：ISBN 978-7-5339-6323-1
定价：39.80元

版权所有　侵权必究
（如有印装质量问题影响阅读，请联系021-60839180调换）